斉《さい》木《き》楠《くす》雄《お》のΨ《サイ》難《なん》

映画《えいが》ノベライズ　みらい文庫版《ぶんこばん》

原作《げんさく》　麻《あ》生《そう》周《しゅう》一《いち》

脚本《きゃくほん》　福《ふく》田《だ》雄《ゆう》一《いち》

小説《しょうせつ》　宮《みや》本《もと》深《み》礼《れい》

かわいくて優《やさ》しい
完璧《かんぺき》な私《わたし》が
実《じつ》は恐《こわ》がり！
このギャップ萌《も》えっ！
それは
ギャップじゃないぞ
照橋《てるはし》さん
それ わりと普通《ふつう》

ぬうううううううう
うぅあああああ！

奴《やつ》らの狙《ねら》いは
この右腕《みぎうで》に宿《やど》る
闇《やみ》のフォース…

照橋心美を
10分見つめられる権
てん・ちゅー

ププププ…
ヘリコプター
照橋心美

上《じょう》等《とう》だコラアア
アアアアア！

見《み》てみて！
ハート型《がた》！
かわいくない？
真《ま》ん中《なか》に亀裂《きれつ》
入《はい》ってるけどな

だーれだ

おっふ
いただきね！

ダークリユニオンめ…
ミスコンは照橋《てるはし》さんに
決《き》まってるよなぁ…
女番長《レディース》
いかす…

災《サイ》難《なん》だらけの文《ぶん》化《か》祭《さい》…一《いっ》体《たい》どうなる!?

斉木楠雄《さいきくすお》のΨ難《サイなん》

映画《えいが》ノベライズ　みらい文庫版《ぶんこばん》

原作《げんさく》　麻生周一《あそうしゅういち》　脚本《きゃくほん》　福田雄一《ふくだゆういち》　小説《しょうせつ》　宮本深礼《みやもとみれい》

登《とう》場《じょう》人《じん》物《ぶつ》紹《しょう》介《かい》だ

斉《さい》木《き》楠《くす》雄《お》

目立《めだ》たず大人《おとな》しく
誰《だれ》からも干渉《かんしょう》されない
生活《せいかつ》を望《のぞ》む超能力者《ちょうのうりょくしゃ》。
周《まわ》りには変《へん》な奴《やつ》が
集《あつ》まってくる…。

斉《さい》木《き》が使《つか》える超《ちょう》能《のう》力《りょく》

テレパシー	言葉《ことば》を交《か》わすことなく他人《たにん》の考《かんが》えを知《し》り、心《こころ》の声《こえ》で通信《つうしん》することができる。ただし、燃堂《ねんどう》のことだけは分《わ》からない。
サイコキネシス	念《ねん》じただけで物体《ぶったい》を操《あやつ》ったり破壊《はかい》したりすることができる。
透《とう》視《し》	カードの裏《うら》や壁《かべ》の向《む》こうなどを透《す》かして見《み》ることができる。
予《よ》知《ち》	未来《みらい》の出来事《できごと》を事前《じぜん》に知《し》ることができる。
テレポート	物《もの》や人《ひと》を離《はな》れた場所《ばしょ》に瞬時《しゅんじ》に送《おく》ることができる。
念《ねん》写《しゃ》	物《もの》や人《ひと》や風景《ふうけい》を思《おも》い浮《う》かべることで、紙《かみ》などに転写《てんしゃ》することができる。
千《せん》里《り》眼《がん》	遠《とお》く離《はな》れた場所《ばしょ》を見通《みとお》すことができる。ただし、寄《よ》り目《め》になる。
マインドコントロール	周囲《しゅうい》の人間《にんげん》の価値観《かちかん》を変《か》えることができる。
瞬間移動《しゅんかんいどう》	遠《とお》く離《はな》れた場所《ばしょ》へ一瞬《いっしゅん》で移動《いどう》できる。

P《ピー》K《ケー》学《がく》園《えん》1年《ねん》巛《3》組《くみ》

燃堂《ねんどう》 力《りき》

高校生離《こうこうせいばな》れした外見《がいけん》の
自称《じしょう》 斉木《さいき》の“相棒《あいぼう》”。
バカすぎるため
思考《しこう》が読《よ》めない。

照橋心美《てるはしここみ》

学園《がくえん》のアイドル。
天下無敵《てんかむてき》の美少女《びしょうじょ》であると
自覚《じかく》している。斉木《さいき》が
気《き》になってしかたない。

窪谷須亜蓮《くぼやすあれん》

見《み》た目《め》は真面目《まじめ》、
でも暴走族《ぼうそうぞく》の元総長《もとそうちょう》。
時々《ときどき》、不良《ふりょう》の血《ち》が騒《さわ》ぐ。

灰呂杵志《ハイロキネシ》

信頼《しんらい》が厚《あつ》い熱血《ねっけつ》の
学級委員長《がっきゅういいんちょう》。
本気《ほんき》になりすぎ、
すぐにお尻《しり》が出《で》る。

海藤《かいとう》 瞬《しゅん》

どっぷり中二病《ちゅうにびょう》。
“漆黒《しっこく》の翼《つばさ》”として“謎《なぞ》の組織《そしき》”
戦《たたか》っている設定《せってい》。
原作《げんさく》では“かいどう”だけど映画《えいが》では
“かいとう”の呼《よ》び名《な》になるよ！

斉木久留美《さいきくるみ》

極度《きょくど》の天然《てんねん》だが、
かわいらしい楠雄《くすお》のママ。
パパのことが大好《だいす》き。

斉木國春《さいきくにはる》

だらしなく、すぐ息子《むすこ》に頼《たよ》る
楠雄《くすお》のパパ。
ママのことが大好《だいす》き。

蝶野雨緑《ちょうのうりょく》

トラブルを巻《ま》き起《お》こしがちの
大人気《だいにんき》イリュージョニスト。
助手《じょしゅ》は母親《ははおや》。

神田品助《かんだぴんすけ》

ちょっとエロい校長先生《こうちょうせんせい》。
キャラ設定《せってい》は完全《かんぜん》アドリブ。

目《もく》次《じ》

映画「斉木楠雄のΨ難」

原作：「斉木楠雄のΨ難」麻生周一（集英社「週刊少年ジャンプ」連載）

脚本・監督：福田雄一

音楽：瀬川英史

配給：ソニー・ピクチャーズ エンタテインメント＝アスミック・エース

プロローグ

上天気《じょうてんき》の朝《あさ》。静《しず》かな住宅地《じゅうたくち》で、女《おんな》が犬《いぬ》を連《つ》れて歩《ある》いていた。かわいらしい小型犬《こがたけん》だ。短《みじか》い足《あし》を必死《ひっし》に動《うご》かし、とてとてと進《すす》んでいる。

女《おんな》はどこを目指《めざ》すでもなくリードに引《ひ》かれ、犬《いぬ》の赴《おもむ》くままにまかせていた。

そのうしろから、なにやら感動《かんどう》した様子《ようす》の男《おとこ》がかけ寄《よ》り、女《おんな》に声《こえ》をかけた。

「わあ、このワンちゃん、チョーかわいいっすねェ！」

「えっ、そうですか？　うれしいねえ、ポチ美《み》」

女《おんな》がしゃがみ、犬《いぬ》――ポチ美《み》の背中《せなか》をなでる。

「ポチ美《み》ちゃんって言《い》うんですか？　名前《なまえ》もチョーかわいいっすねェ！」

外見《がいけん》だけではなく名前《なまえ》までかわいいことにも感動《かんどう》したのか、男《おとこ》は恋《こい》する乙女《おとめ》みたいに胸《むね》の前《まえ》で指《ゆび》をからませた。

「私《わたし》がつけたんです」

「ネーミングセンス、やばいっすねェ」

女《おんな》もまんざらではない様子《ようす》で愛犬《あいけん》の顔《かお》をのぞきこむ。けれど、ポチ美《み》にとってはどうでもいいのか、ド無視《むし》を決《き》めこんでそっぽを向《む》いていた。

「僕《ぼく》も犬《いぬ》、大好《だいす》きなんですよ。触《さわ》っても……いいですか？」

「どうぞぉ」

女《おんな》から許可《きょか》されるや、男《おとこ》はポチ美《み》を両手《りょうて》で抱《かか》え上《あ》げた。


——超能力《ちょうのうりょく》……たとえば、人《ひと》の心《こころ》をのぞいたり……


満面《まんめん》の笑《え》みでポチ美《み》と向《む》き合《あ》う男《おとこ》だが、心《こころ》の中《なか》では、

(つって犬《いぬ》好《ず》きなとこアピールしたら、一発《いっぱつ》なわけでしょう、ねえ？　本当《ほんとう》は俺《おれ》、犬《いぬ》、大《だい》っキライなんだよ！)

などと考《かんが》えていた。さらに、ポチ美《み》の胸《むね》に顔《かお》を埋《うず》め、

（うっ……くっせーっ！　この犬《いぬ》、くっせえーっ！　さらには、ポチ美《み》ってなんだよ？クソ名前《なまえ》じゃん！）

心《こころ》の中《なか》でオエッと嘔吐《えず》く。

しかし、そんな邪心《じゃしん》はお見通《みとお》しらしく、ポチ美《み》は男《おとこ》から解放《かいほう》されたとたん、一目散《いちもくさん》に道《どう》路《ろ》を走《はし》り出《だ》した。

「あ！　ポチ美《み》っ！」

あわてて女《おんな》がポチ美《み》のあとを追《お》う。

——たとえば、壁《かべ》の向《む》こうを透視《とうし》したり……

壁《かべ》の向《む》こうから、白《しろ》いワゴン車《しゃ》が交差点《こうさてん》に近《ちか》づいてきていた。

そんなこととは露知《つゆし》らず、ポチ美《み》は勢《いきお》いよく交差点《こうさてん》に飛《と》び出《だ》してしまう。

「危《あぶ》ないっ！」

ようやくワゴン車《しゃ》に気付《きづ》いた女《おんな》が、ポチ美《み》に向《む》かって叫《さけ》ぶ。

――たとえば、手《て》を使《つか》わずに物体《ぶったい》を操《あやつ》ったり……

ポチ美《み》を轢《ひ》きそうになった瞬間《しゅんかん》、ワゴン車《しゃ》がふわりと浮《う》かび上《あ》がった。

「うわっ！」

信《しん》じられない光景《こうけい》を目《ま》の当《あ》たりにして、男《おとこ》が驚《おどろ》きの声《こえ》をあげる。

女《おんな》は声《こえ》を失《うしな》って、宙《ちゅう》に浮《う》いているワゴン車《しゃ》をじっと見《み》つめていた。

ワゴン車《しゃ》はポチ美《み》の頭上《ずじょう》をふわふわと通《とお》り過《す》ぎたあと、道路《どうろ》に着地《ちゃくち》して、何事《なにごと》もなく走《はし》り去《さ》っていった。

ワゴン車《しゃ》が去《さ》った方向《ほうこう》を見《み》つめて、男《おとこ》がぽかんと口《くち》を開《あ》ける。

「飛《と》びましたよね？　車《くるま》……」

「飛《と》びました……」

女《おんな》も同様《どうよう》に、呆然《ぼうぜん》としていた。

そんなふたりのうしろを、ひとりの男子《だんし》高校生《こうこうせい》が通《とお》り過《す》ぎていく。

――僕《ぼく》の名前《なまえ》は斉木《さいき》楠雄《くすお》。超能力者《ちょうのうりょくしゃ》だ。

第《だい》一章《しょう》

決《き》めろ！　Ψ《サイ》高《こう》の出《だ》し物《もの》！

今《いま》から十六年前《じゅうろくねんまえ》、とある平凡《へいぼん》な夫婦《ふうふ》の間《あいだ》に男《おとこ》の赤《あか》ちゃんが生《う》まれた。

僕《ぼく》だ。当時《とうじ》のことは今《いま》でもよく覚《おぼ》えている。幸《しあわ》せオーラがいっぱいのリビングで、両親《りょうしん》は僕《ぼく》が寝《ね》ているベビーベッドをのぞきこみ、うれしそうにほほえんでいた。

「くーちゃん、かわいいなあ。ママの次《つぎ》に」

「ほんとにかわいいわ。パパの次《つぎ》に」

子供《こども》を愛《め》でるのか夫婦《ふうふ》でのろけるのか、どちらかにしてほしいが……ともかく、両親《りょうしん》は愛情《あいじょう》にあふれた、どこにでもいる平凡《へいぼん》な夫婦《ふうふ》だった。

しかし、その子供《こども》は平凡《へいぼん》とは言《い》い難《がた》かった。

「あの……」

「あれ？　今《いま》なにかしゃべった？」

「気《き》が早《はや》いな、ママは。まだ生《う》まれて十日《とおか》だよ？」

「すみません。恥《は》ずかしながら、大便《だいべん》の処理《しょり》をお願《ねが》いします」

本当《ほんとう》に恥《は》ずかしいことに……僕《ぼく》の第一声《だいいっせい》はそれだった。

「しゃべったァ────ッ！」

僕《ぼく》の恥《は》ずかしさなどまったく気《き》にせず、両親《りょうしん》は声《こえ》をそろえて喜《よろこ》んでいた。

「あぁ～っ、かわいいっ！　やだもぅ」

オムツの中《なか》はまったくもってかわいくない状況《じょうきょう》だったが、母《はは》は気《き》にせず笑《わら》った。

「あんよが上手《じょうず》！　あんよが上手《じょうず》！」

そして、生後《せいご》一《いっ》ヶ月《かげつ》で普通《ふつう》に歩《ある》いた。両親《りょうしん》が手拍子《てびょうし》をするなか、てくてくと。

しかも空中《くうちゅう》を。

「すご～い！」

だんだん高度《こうど》を上《あ》げていく僕《ぼく》を見上《みあ》げて、母《はは》が歓声《かんせい》をあげる。

「くーちゃん、いろいろできるんだねえ」

母《はは》と同《おな》じように僕《ぼく》を見《み》ながら、父《ちち》はそうつぶやいた。

一歳《いっさい》ともなると——

「あら。みりんがきれてる。どうしよう」

料理中《りょうりちゅう》の母《はは》がぼやくのを聞《き》いて、僕《ぼく》は読書《どくしょ》を中断《ちゅうだん》し、その場《ば》からテレポートした。

そして一瞬《いっしゅん》で戻《もど》ってくる。大量《たいりょう》のみりんと一緒《いっしょ》に。

はじめてのおつかいだ。

「くーちゃん……」

これにはさすがの母《はは》も動揺《どうよう》した。当然《とうぜん》である。こんな子供《こども》かなり気味《きみ》が悪《わる》い。

病院《びょういん》や研究施設《けんきゅうしせつ》に連《つ》れて行《い》くのが普通《ふつう》の親《おや》の反応《はんのう》だ。

しかし、この夫婦《ふうふ》……

「ねえ、やっぱり変《へん》よ」

「うん。連《つ》れて行《い》くしかないな」

「万引《まんび》きしたのよ」

「明日《あした》、スーパーに連《つ》れて行《い》こう」

かなりユルかった。

「くーちゃんは超能力者《ちょうのうりょくしゃ》だもんねえ」

父《ちち》に抱《だ》っこされた僕《ぼく》のほおを、母《はは》がつつく。

「ママに似《に》たんだよね。ママは、僕《ぼく》に恋《こい》の魔《ま》法《ほう》をかけた魔《ま》法《ほう》使《つか》いだから」

「やだ、パパぁ。えいっ」

のろける父《ちち》の鼻《はな》も、母《はは》がつつく。

「あっ、もぉお〜」

お気楽《きらく》な上《うえ》、バカップル。

そのため、なんの疑問《ぎもん》も持《も》つことなく超能力者《ちょうのうりょくしゃ》の僕《ぼく》に順応《じゅんのう》していった。


「見《み》て〜、パパ」

三歳《さい》のとき、僕《ぼく》は父《ちち》の絵《え》を描《か》き、得意気《とくいげ》に見《み》せつけた。

「パパだよぉ〜」

絵《え》を描《か》いたというか、念写《ねんしゃ》した。

胸《むね》の前《まえ》の画用紙《がようし》には、写真《しゃしん》としか思《おも》えないリアルなタッチの父《ちち》の顔《かお》があった。

「ああ〜、似《に》てるぅ〜！」

父《ちち》がはしゃぐ。似《に》てるもなにも、念写《ねんしゃ》だからな。

「芸術《げいじゅつ》センスまであるのよ〜、メガネが光《ひか》ってるもの〜」

母《はは》もはしゃぐ。念写《ねんしゃ》だからな。

「すご〜い！」

両親《りょうしん》がそろってはしゃぐ。当時《とうじ》の僕《ぼく》は両親《りょうしん》にほめられるのがうれしくて、無邪気《むじゃき》に笑《わら》っていた。そう。当時《とうじ》の僕《ぼく》は。

そして現在《げんざい》……


高校生《こうこうせい》となった今《いま》も超能力《ちょうのうりょく》は健在《けんざい》……

当然《とうぜん》スプーンを曲《ま》げるなんて簡単《かんたん》なこと。

ふせられたトランプのマークも丸見《まるみ》え。

女《おんな》の子《こ》の考《かんが》えていることもお見通《みとお》し。

たとえば、そこのバス停《てい》で僕《ぼく》のことを見《み》ている女《おんな》の子《こ》の脳内《のうない》も——

（あ、ちょっとタイプかも）

この通《とお》り。

ギャンブルなんて大金《たいきん》がいつでも手《て》に入《はい》る作業《さぎょう》でしかない。

まさに夢《ゆめ》のような人生《じんせい》。生《う》まれたときからすべての力《ちから》を与《あた》えられた世界一幸《せかいいちしあわ》せな男《おとこ》。

それがこの僕《ぼく》、斉木楠雄《さいきくすお》……

だと思《おも》ったら、大間違《おおまちが》いだ！

この力《ちから》のせいで僕《ぼく》の人生《じんせい》はメチャクチャだ。

ついつい曲《ま》げてしまうスプーンでは、カレーがものすごく食《た》べづらい。

神経衰弱《しんけいすいじゃく》など、単《たん》なるカードの合《あ》わせ作業《さぎょう》。

女《おんな》の子《こ》の考《かんが》えがわかったところで――

(ちょっとタイプだけど……もうどうでもいいわ。超《ちょう》うんこしたいし。早《はや》く家帰《いえかえ》らなきゃ。早《はや》く来《こ》いよバスぅ～……くうぅぅぅ～っ！　うんこもれるぅぅ～～！　なんだったらあの男《おとこ》の顔《かお》もうんこに見《み》えてきたわ)

……ときめきもクソもあったもんじゃない。

ギャンブルで大勝《おおが》ち？

そんなことしたら目立《めだ》った上《うえ》にサギ師《し》あつかいされて捕《つか》まるのがオチだ。

生《う》まれたときからすべての力《ちから》を与《あた》えられた世界一幸《せかいいちしあわ》せな男《おとこ》？

冗談《じょうだん》じゃない。僕《ぼく》は生《う》まれたときからすべてをうばわれた世界一不幸《せかいいちふこう》な男《おとこ》だ。

たしかに僕《ぼく》は常人《じょうじん》にはない力《ちから》を与《あた》えられた。

テレパシー、サイコキネシス、透視《とうし》、予知《よち》、テレポート、千里眼《せんりがん》などなど。

たいていのことはなんだってできる。

ロールプレイングゲームにたとえるなら僕《ぼく》は武器《ぶき》や仲間《なかま》など集《あつ》めなくても、ひとりでラスボスを倒《たお》すことができる。なにも面白《おもしろ》くない。

苦労《くろう》してなにかを成《な》しとげた達成感《たっせいかん》も。

ちょいとした恋《こい》のかけ引《ひ》きも。

サプライズパーティで驚《おどろ》くことも。

僕《ぼく》にはできないのだ。

怒《いか》りも哀《かな》しみもないかわりに、喜《よろこ》びも楽《たの》しみもない。

それが僕《ぼく》の人生《じんせい》。

とにかく平穏《へいおん》な生活《せいかつ》を送《おく》る。それだけが僕《ぼく》の生《い》きる目標《もくひょう》だ。

……そろそろ学校《がっこう》が見《み》えてきたな。別《べつ》にここまで話《はな》したことを毎日《まいにち》考《かんが》えているわけではない。冒頭《ぼうとう》ということで自己紹介《じこしょうかい》がてらていねいに話《はな》してみただけだ。僕《ぼく》は今《いま》の自分《じぶん》を受《う》け入《い》れている。

そして学校《がっこう》でも、ごく普通《ふつう》の高校生《こうこうせい》として受《う》け入《い》れられている。

☆

「おう、斉木《さいき》。おっはー」

「おはよう」

教室《きょうしつ》に入《はい》り、ごく普通《ふつう》の高校生《こうこうせい》っぽくクラスメートと朝《あさ》のあいさつ。

「斉木《さいき》。昨日《きのう》の『イッテQ《キュー》！』見《み》た？」

席《せき》に着《つ》こうとすると、別《べつ》のクラスメートが話《はな》しかけてきた。

「昨日《きのう》は見《み》てない。面白《おもしろ》かった？」

「俺《おれ》も見《み》てない」

見《み》てないのかよ。

あきれながら座《すわ》ると、隣《となり》の席《せき》の男子生徒《だんしせいと》が必死《ひっし》な顔《かお》でたずねてくる。

「斉木《さいき》、古文《こぶん》の宿題《しゅくだい》やった？」

「ああ」

「写《うつ》させて！」

僕《ぼく》はだまってカバンを探《さぐ》り、

「どうぞ」

彼《かれ》に古文《こぶん》のノートを手渡《てわた》した。

「サンキュ〜〜」

——なんて高校生《こうこうせい》らしい会話《かいわ》もできる。

む……『普段《ふだん》はしゃべってないじゃないか』だって？　妙《みょう》なテレパシーが流《なが》れてきたな……いったいなにを言《い》っている。仮《かり》に『実写映画《じっしゃえいが》』の主人公《しゅじんこう》がしゃべらなかったら、目《め》立《だ》ってしょうがないだろう。目立《めだ》たないためにも、しゃべるようにしているんだ。

ちなみにテレパシーとは、言葉《ことば》を介《かい》さず他人《たにん》と通信《つうしん》できる能力《のうりょく》のことだ。他人《たにん》の心《こころ》の声《こえ》を聞《き》くこともできる。といっても、これは流《なが》れ続《つづ》けるラジオを強制的《きょうせいてき》に聞《き》かされるようなもので、使《つか》い勝手《がって》は良《よ》くないし、先《さき》ほどのように不特定多数《ふとくていたすう》の人《ひと》の心《こころ》の声《こえ》が流《なが》れてくることもある。

テストもすべて満点《まんてん》を取《と》れるが、目立《めだ》たないよう、わざと中《ちゅう》の上《じょう》くらいの成績《せいせき》に抑《おさ》えている。

運動会《うんどうかい》の百《ひゃく》メートル走《そう》なども余裕《よゆう》で世界記録《せかいきろく》を更新《こうしん》できるが、敢《あ》えて三、四着《ちゃく》くらいを走《はし》るようにしている。

ごく普通《ふつう》の高校生《こうこうせい》。それが僕《ぼく》。大事《だいじ》なのはとにかく目立《めだ》たないことだ……とか言《い》って、そのピンク色《いろ》の髪《かみ》とポップな玉《たま》のヘアピンはなんなんだよ！　と思《おも》っていることだろう。

髪《かみ》の色《いろ》は生《う》まれつき。この玉《たま》は年齢《ねんれい》を増《ま》すにつれて強《つよ》くなる超能力《ちょうのうりょく》を制御《せいぎょ》する装置《そうち》だ。僕《ぼく》はこれがないと、ちょっとした衝動《しょうどう》で東京都《とうきょうと》をすべて破壊《はかい》するほどの力《ちから》がある。

しかし、こんな外見《がいけん》の高校生《こうこうせい》は確実《かくじつ》に目立《めだ》つ。

注目《ちゅうもく》をさけるため、僕《ぼく》は他人《たにん》の心理《しんり》を操作《そうさ》して、こんな『不自然《ふしぜん》な姿《すがた》』を『自然《しぜん》な姿《すがた》』

であると思《おも》い込《こ》ませているのだ。

と――担任《たんにん》の松崎《まつざき》が教室《きょうしつ》に入《はい》ってきた。

戸口《とぐち》に立《た》ったまま、

「おはよう！」

教室中《きょうしつじゅう》に響《ひび》く大声《おおごえ》だ。

トランプや将棋《しょうぎ》で遊《あそ》んでいた生徒《せいと》たちがそれぞれの席《せき》に戻《もど》っていく。

教壇《きょうだん》に立《た》った松崎《まつざき》が、あらためて声《こえ》を張《は》った。

「おはようッ!!」

「「「おはようございまーす」」」

生徒《せいと》たちのあいさつにうなずき返《かえ》すと、松崎《まつざき》は黒板《こくばん》に何事《なにごと》か書《か》きはじめた。

黒板《こくばん》をフルに使《つか》った大《おお》きな文字《もじ》で『ＰＫ祭《ピーケーさい》』と。

『ＰＫ《ピーケー》』は問題《もんだい》なかったが、『祭《さい》』の字《じ》を書《か》くとき、どんな字《じ》だったか迷《まよ》ったようだった。

書《か》き順《じゅん》もかなり怪《あや》しい。大丈夫《だいじょうぶ》か体育教師《たいいくきょうし》。

いびつな『祭《さい》』の字《じ》を書《か》き終《お》えた松崎《まつざき》が、生徒《せいと》たちに向《む》き直《なお》り、大声《おおごえ》で話《はな》しはじめる。

「さあっ！　君《きみ》たちにとってはじめての文化祭《ぶんかさい》である、ＰＫ祭《ピーケーさい》が来月《らいげつ》に迫《せま》った。君《きみ》たちが持《も》っている文化《ぶんか》という文化《ぶんか》を存分《ぞんぶん》に出《だ》しきって欲《ほ》しい……しかあぁぁ――しっ！」

キッと、松崎《まつざき》の目《め》が険《けわ》しくなる。

「毎年毎年《まいとしまいとし》、なにかしら問題《もんだい》が起《お》こっているのがこの文化祭《ぶんかさい》でもある。昨年《さくねん》も他校《たこう》とのケンカ沙汰《ざた》、不純異性交遊《ふじゅんいせいこうゆう》、騒《さわ》ぎすぎによる近所《きんじょ》からの苦情《くじょう》！　様々《さまざま》な問題《もんだい》があった！　ということで！　今年《ことし》の文化祭《ぶんかさい》でひとつでも問題《もんだい》が生《しょう》じた場合《ばあい》、来年《らいねん》から文化祭《ぶんかさい》は中止《ちゅうし》っ！

そういうことになった！」

「ええ～？　文化祭《ぶんかさい》なくなっちゃうのかよ？」

「ふざけんなよぉ～～～」

「去年《きょねん》までの問題《もんだい》、俺《おれ》たち関係《かんけい》ねえじゃんかよ！」

「そうだそうだ！」

生徒《せいと》たちが口々《くちぐち》に文句《もんく》を言《い》うが。

「それもまた運命《うんめい》っ！」

ばっさりと言《い》いはなち、松崎《まつざき》は生徒《せいと》たちをだまらせた。

「今年《ことし》は問題《もんだい》が起《お》こらないように、ひたすら祈《いの》れ！」

祈《いの》らせるな。お前《まえ》が防《ふせ》げ。

ま、文化祭《ぶんかさい》なんて面倒《めんどう》なだけだし、なくなってもらっても別《べつ》に……

いや、まずい。

そうだ。僕《ぼく》は文化祭《ぶんかさい》というイベントを有意義《ゆういぎ》に過《す》ごしていたのだ。

はじまってしまえば出席《しゅっせき》しているのかしていないのかもよくわからない文化祭《ぶんかさい》……

ちょうど、去年《きょねん》の今頃《いまごろ》……中学生《ちゅうがくせい》のときにも文化祭《ぶんかさい》はあった。

「くーちゃーん！　たくさん文化《ぶんか》してきてねぇ〜」

玄関口《げんかんぐち》で母《はは》からよくわからないエールを送《おく》られつつ、僕《ぼく》はドアが閉《し》まると同時《どうじ》にテレポートした。

テレポート、あるいは瞬間移動《しゅんかんいどう》とは、文字通《もじどお》りはなれた場所《ばしょ》に一瞬《いっしゅん》で移動《いどう》する能力《のうりょく》のことだ。もちろん、目的地《もくてきち》は学校《がっこう》ではない。

そう。僕《ぼく》は文化祭《ぶんかさい》を利用《りよう》して、毎年日帰《まいとしひがえ》り旅行《りょこう》を楽《たの》しんでいたのだ。

去年《きょねん》の旅行先《りょこうさき》は伊香保温泉《いかほおんせん》。

茶《ちゃ》かっ色《しょく》の湯《ゆ》のしみ入《い》るような温《あたた》かさとやわらかさを感《かん》じつつ、日《ひ》が暮《く》れるまでのんびり過《す》ごしていたのに……


――あの有意義《ゆういぎ》なひとり旅《たび》がうばわれるのはまずい。

「ということで！　この♨《3》組《くみ》が文化祭《ぶんかさい》でなにをするのか、話《はな》し合《あ》ってくれ！」

松崎《まつざき》が教室《きょうしつ》の奥《おく》にある教卓《きょうたく》に下《さ》がり、代《か》わりにひとりの男子生徒《だんしせいと》が教壇《きょうだん》に立《た》った。

真《ま》っ赤《か》な短《みじか》めの髪《かみ》を逆立《さかだ》て、学《がく》ランのそでをわざわざ肩《かた》までたくし上《あ》げている。

「ここからは、先生《せんせい》に代《か》わって……俺《おれ》が、ホームルームを仕《し》きらせてもらうよ！」

こいつの名《な》は灰呂杵志《ハイロキネシ》。驚異的《きょういてき》に暑苦《あつくる》しい熱血野郎《ねっけつやろう》である。


――いつだったか……体育《たいいく》の授業中《じゅぎょうちゅう》、校庭《こうてい》でドッジボールをしたときのことだ。

ボールの保有権《ほゆうけん》を決《き》めるジャンプボールで、

「ぬぅぅぅうんっ！」

と気合《きあ》いをこめてボールをはたき落《お》とし、

「さあ！　ボールを俺《おれ》に集《あつ》めろっ！」

すぐさま自分《じぶん》でそのボールを拾《ひろ》い上《あ》げ、

「ぬぅぅううあああぁぁぁ！」

おたけびをあげて敵《てき》チームの生徒《せいと》に投《な》げつけた。

なぜか真《ま》っ赤《か》に燃《も》える、激《はげ》しいボールを。

「アッ――」

ボールは灰呂《ハイロ》の狙《ねら》い通《どお》り、敵《てき》チームの生徒《せいと》のみぞおちに一直線《いっちょくせん》に突《つ》き刺《さ》さった。

「よっしゃああああああああ！」

ガッツポーズを取《と》ってほえる灰呂《ハイロ》。暑苦《あつくる》しすぎる。

敵《てき》チームが投《な》げ返《かえ》したボールが、今度《こんど》は僕《ぼく》のほうに飛《と》んでくる。

よけるまでもなく外《はず》れるコースだ。

しかし……

僕《ぼく》は体育《たいいく》をマジメにやるつもりはない。ここは適当《てきとう》に当《あ》たっておくか。

一歩《いっぽ》横《よこ》にずれてやると、ボールは優《やさ》しく僕《ぼく》の肩《かた》に当《あ》たった。

やれやれ……僕《ぼく》は冷《さ》めた気持《きも》ちで外野《がいや》に行《い》こうとしたが。

「斉木君《さいきくん》ッ！　大丈夫《だいじょうぶ》かいっ!?」

隣《となり》の灰呂《ハイロ》は熱《あつ》かった。

「くっそぉぉぉ……斉木君《さいきくん》の仇《かたき》は俺《おれ》が取《と》るっ！　ぬぅうう……うぅおぁあああああ！」

一球入魂《いっきゅうにゅうこん》。魂《たましい》までも吐《は》き出《だ》しそうな勢《いきお》いで、灰呂《ハイロ》がボールを投《な》げる。

付《つ》き合《あ》いきれず、僕《ぼく》は外野《がいや》に出《で》た。外野《がいや》にいればこっちのものだ。

「いけっ！」

敵《てき》のボールが味方《みかた》に当《あ》たる。

いつの間《ま》にか、内野《ないや》は灰呂《ハイロ》ひとりになっていた。

対《たい》して、敵《てき》チームは四人《よにん》。試合終了《しあいしゅうりょう》も時間《じかん》の問題《もんだい》だろう。

「くそぉ！　とうとう俺《おれ》ひとりになってしまったか！　しかし俺《おれ》は戦《たたか》う！　俺《おれ》は最後《さいご》まで戦《たたか》うぞっ！　ぬうぅぅう……うぅう……うぅおおおおおおお！」

またも灰呂《ハイロ》が気合《きあ》いをこめてボールを投《な》げる……というか、僕《ぼく》のチームは灰呂《ハイロ》しかボールを投《な》げていないんじゃないか？

「うっ！」

敵《てき》がボールを取《と》り損《そこ》ねる。これで相手《あいて》は三人《にん》。少《すこ》し雲行《くもゆ》きが怪《あや》しくなってきた。

そんなことを考《かんが》えてボーッとしていたのがまずかったのか。僕《ぼく》は足下《あしもと》に転《ころ》がってきたボールを、何気《なにげ》なく拾《ひろ》ってしまった。

「斉木君《さいきくん》、投《な》げろっ！　全力《ぜんりょく》で投《な》げてこっちに入《はい》って来《こ》いっ！」

灰呂《ハイロ》が熱《あつ》いエールを送《おく》ってくる。

灰呂《ハイロ》よ。僕《ぼく》が本気《ほんき》で投《な》げたら死人《しにん》が出《で》るんだぞ。

しかし……ボールを手《て》にした以上《いじょう》、投《な》げるしかないな。手加減《てかげん》して投《な》げよう。

僕《ぼく》はほこりでも払《はら》うみたいに、ふんわりとボールを投《な》げた。

ボールもまた払《はら》われたほこりみたいに、ふわふわと飛《と》んで行《い》く。

「この！　本気出《ほんきだ》せよォ――ッ！」

灰呂《ハイロ》の怒鳴《どな》り声《ごえ》。さすがにわざとらしすぎたか。

まあいい。今《いま》さら本気《ほんき》を出《だ》したところで、僕《ぼく》がボールを投《な》げることはもうないからな。

しかし、ひょろひょろとボールが向《む》かう先《さき》では、敵《てき》チームの生徒《せいと》がおしゃべりしており、ボールは誰《だれ》にも受《う》け止《と》められず、敵《てき》チームの生徒《せいと》の背中《せなか》にぶつかった。

「あ……」

なぜドッジボール中《ちゅう》に世間話《せけんばなし》!?

「よ――しっ！　内野《ないや》に加《くわ》わるんだ、斉木君《さいきくん》――――っ！」

灰呂《ハイロ》に歓迎《かんげい》されて、僕《ぼく》は内野《ないや》に戻《もど》らざるを得《え》なかった。

まずいな。万《まん》が一《いち》、灰呂《ハイロ》がアウトになり、ひとりで内野《ないや》に立《た》つ羽目《はめ》になれば、間違《まちが》いなく注目《ちゅうもく》を集《あつ》めてしまう。

そこで簡単《かんたん》に当《あ》たったら好感度《こうかんど》が下《さ》がる。

めちゃくちゃがんばっても好感度《こうかんど》が上《あ》がりすぎる。

好感度《こうかんど》は平均《へいきん》でいい。だいたい五十《ごじゅっ》%ぐらいの好感度《こうかんど》を保《たも》つことが僕《ぼく》の生《い》きる道《みち》なのに。

ちなみに好感度《こうかんど》が四十《よんじゅっ》%台《だい》だと落《お》ちた消《け》しゴムを誰《だれ》にも拾《ひろ》ってもらえず、逆《ぎゃく》に六十《ろくじゅっ》%台《だい》だと髪型《かみがた》を丸刈《まるが》りにしただけでクラスの注目《ちゅうもく》を浴《あ》びてしまう。

そんな日常《にちじょう》はごめんだ。早《はや》く外野《がいや》に出《で》なければ。

「灰呂《ハイロ》、死《し》ねやぁあっ！」

敵《てき》チームの生徒《せいと》がボールを投《な》げてくる。ここで当《あ》たっておこう。

灰呂《ハイロ》がボールを受《う》け止《と》める直前《ちょくぜん》――僕《ぼく》はサイコキネシスでボールの軌道《きどう》を変《か》えた。

サイコキネシス。またの名《な》を念力《ねんりき》。直接触《ちょくせつふ》れずに物体《ぶったい》を動《うご》かしたり、破壊《はかい》することができる。この能力《のうりょく》があれば、車《くるま》のように重《おも》たい物《もの》でも宙《ちゅう》に浮《う》かせることができる。もちろん、ボールを自在《じざい》に操《あやつ》ることも。

狙《ねら》い通《どお》り、エグい角度《かくど》でカーブしたボールが僕《ぼく》の右肩《みぎかた》を直撃《ちょくげき》した。

「うおおお！　魔球《まきゅう》かよっ！」

「えええ、俺《おれ》、マジか」

周《まわ》りの生徒《せいと》と、なによりも投《な》げた本人《ほんにん》が一番驚《いちばんおどろ》いていた。

「やれやれ……」

舞《ま》い上《あ》がったボールの行《ゆ》く末《すえ》を見守《みまも》ることなく、僕《ぼく》は外野《がいや》に向《む》かおうとした。

が。

「させるかぁぁあああっ！」

あろうことか、ボールが地面《じめん》に落《お》ちる寸前《すんぜん》で、灰呂《ハイロ》がジャンピングキャッチした。

ボールは地面《じめん》に落《お》ちることなく、灰呂《ハイロ》にがっちりキャッチされる。余計《よけい》なことを。

ジャンピングキャッチのせいでズボンがずり落《お》ち、灰呂《ハイロ》のケツは丸出《まるだ》しになっていた。

しかし、なんら気《き》にすることなく、

「斉木君《さいきくん》！　セエエエフッ！」

倒《たお》れたまま、灰呂《ハイロ》が高《たか》らかに宣言《せんげん》する。いいから早《はや》くケツをしまえ。

「す、すげえ執念《しゅうねん》だ……」

感心《かんしん》する敵《てき》チームの生徒《せいと》だが、すぐに「あっ」と声《こえ》をあげた。

「ケガしてんじゃねえか、灰呂《ハイロ》！」

見《み》ればたしかに、灰呂《ハイロ》の右《みぎ》ヒザは痛々《いたいた》しくすりむけていた。

首《くび》をひねって脚《あし》を確認《かくにん》した灰呂《ハイロ》が、うつぶせのまま無念《むねん》そうにうめく。

「くそぉぉっ……斉木君《さいきくん》……どうやら俺《おれ》はここまでのようだ」

マジですか。

「このボールを……君《きみ》にたくす……ごぽっ！」

吐血《とけつ》するようなケガじゃないだろ。

「このボールは……みんなの血《ち》と汗《あせ》と涙《なみだ》がつまった……魂《たましい》のボールだっ！」

血《ち》はお前《まえ》のだけだけどな……


——灰呂杵志《ハイロキネシ》とはそんな奴《やつ》だ。

あのとき、ひとり残《のこ》されてどれだけ苦労《くろう》したことか……魔球《まきゅう》に剛球《ごうきゅう》。危《あや》うく部活《ぶかつ》の勧誘《かんゆう》や女子生徒《じょしせいと》に追《お》われる、あわただしい日々《ひび》を過《す》ごすところだった。

「焼《や》きそば屋《や》とかじゃね？　無難《ぶなん》に」

と——暑苦《あつくる》しい思《おも》い出《で》を回想《かいそう》している間《あいだ》に、ＰＫ祭《ピーケーさい》の出《だ》し物《もの》を決《き》める話《はな》し合《あ》いがはじまっていた。

「うん。焼《や》きそばね」

黒板《こくばん》にでかでかと書《か》かれた『ＰＫ祭《ピーケーさい》』の文字《もじ》を消《け》すことなく、灰呂《ハイロ》が上《うえ》から『やきそば』とひらがなで書《か》く。文字《もじ》がかぶってトイレの落書《らくが》きみたいになっていた。

「私《わたし》、部活《ぶかつ》の方《ほう》で出《だ》し物《もの》があるから店番《みせばん》とかできない」

「あ〜、俺《おれ》も軽音楽部《けいおんがくぶ》なんで」

「展示《てんじ》でいいんじゃない？　展示《てんじ》」

「それなら当日《とうじつ》も自由《じゆう》でいいね」

僕《ぼく》も賛成《さんせい》。

灰呂《ハイロ》も展示《てんじ》には興味《きょうみ》を引《ひ》かれたらしく、提案《ていあん》した男子生徒《だんしせいと》に人差《ひとさ》し指《ゆび》を向《む》ける。

「展示《てんじ》、いいね。それじゃあ、一ヶ月《いっかげつ》かけて放課後使《ほうかごつか》って、みんなでなにか作《つく》ろうか？」

教壇《きょうだん》に手《て》をつき、前《まえ》のめりになる灰呂《ハイロ》だが。

「放課後《ほうかご》、部活《ぶかつ》があるから無理《むり》〜」

「私《わたし》も。バイトあるから」

クラスメートから建設的《けんせつてき》な意見《いけん》は出《で》ず、文句《もんく》ばかりが出《で》はじめる。

議論《ぎろん》が行《い》きづまりだしたとき。

「ええ〜、なにそれ」

ひとりの生徒《せいと》が驚《おどろ》きの声《こえ》をあげた。

見《み》れば、そいつの隣《となり》の席《せき》の奴《やつ》が奇妙《きみょう》な形《かたち》の石《いし》をいじっている。

奇妙《きみょう》な形《かたち》というか、まあ、うんこの形《かたち》だ。

「あ、これ？　校庭《こうてい》に落《お》ちてた石《いし》なんだけどさ。形《かたち》がうんこっぽくて面白《おもしろ》いからさ」

とぐろを巻《ま》いた立派《りっぱ》なそれを、別《べつ》の生徒《せいと》がつまみ上《あ》げる。

「これだ……これだよ……みんな！」

高々《たかだか》とかかげられる立派《りっぱ》なとぐろ。

「校庭《こうてい》にあった面白《おもしろ》い石拾《いしひろ》ってきてさ、ひとつずつ展示《てんじ》しようぜ！」

「おお！　それなら放課後《ほうかご》も当日《とうじつ》も遊《あそ》べるじゃん！」

「だろ！　よし、決《き》まりだ。灰呂《ハイロ》！　学校《がっこう》にあった面白《おもしろ》い形《かたち》の石展《いしてん》だ！」

その意見《いけん》に、灰呂《ハイロ》は『うんうん』とうなずいた。

「それじゃあ、我《わ》が巛《3》組《くみ》の今年《ことし》の出《だ》し物《もの》は『学校《がっこう》にあった面白《おもしろ》い石展《いしてん》』でいいかな？」

「異議《いぎ》なーし」

満場一致《まんじょういっち》で、クラスの声《こえ》がそろう。

「じゃあみんなが異議《いぎ》なしということで俺《おれ》も異議《いぎ》…………あるよおおぉ――――ッ！」

おだやかに話《はな》していた灰呂《ハイロ》が、いきなり大声《おおごえ》で叫《さけ》びだした。

「びっくりしたぁ……」

クラスがどよめく。

「学校《がっこう》で拾《ひろ》った石《いし》の展示《てんじ》？　バカにしてるのか君《きみ》たちは!?　高校生活《こうこうせいかつ》で三回《かい》しかない文化《ぶんか》祭《さい》！　それで完全燃焼《かんぜんねんしょう》できんのかぁ!?」

教壇《きょうだん》の前《まえ》を行《い》きつ戻《もど》りつ、最前列《さいぜんれつ》のクラスメートの顔《かお》をひとつひとつ見《み》つめながら、灰《ハイ》呂《ロ》が熱《あつ》く語《かた》る。

「放課後《ほうかご》ダメなら朝《あさ》やればいいっ！　魂燃《たましいも》やしていけよっ！　もっと熱《あつ》くなれよっ！」

熱《あつ》く、瞳《ひとみ》の中《なか》で炎《ほのお》が燃《も》えるほどに熱《あつ》く、灰呂《ハイロ》が右《みぎ》の拳《こぶし》をにぎりしめた。

そんな灰呂《ハイロ》の熱意《ねつい》が伝《つた》わったのか、クラスの空気《くうき》が変《か》わりはじめる。

「ったく、火《ひ》がついちまったじゃねえかよ」

「これから忙《いそが》しくなるわねえ」

男子生徒《だんしせいと》と女子生徒《じょしせいと》のつぶやき。その意味《いみ》に気付《きづ》いて、灰呂《ハイロ》がハッと手《て》で口《くち》をおおう。

あとに続《つづ》くように、他《ほか》の生徒《せいと》も――

「やります、か」

「……だな」

なに、この茶番《ちゃばん》。

「うっ、ううぅ……」

感動《かんどう》の涙《なみだ》で目《め》を潤《うる》ませながら、灰呂《ハイロ》が教壇《きょうだん》に戻《もど》る。

「ということで展示《てんじ》なんだが……千羽鶴《せんばづる》でいくのはどうだろう」

「……………」

熱《ねつ》が起《お》こりはじめていた教室《きょうしつ》に、一瞬《いっしゅん》で冷《つめ》たい空気《くうき》がたちこめる。

「各自千羽《かくじせんば》折《お》る！　計三万羽《けいさんまんば》の鶴《つる》は壮観《そうかん》だぞ！　いや、せっかくの文化祭《ぶんかさい》だから……十万《じゅうまん》羽《ば》にしよう！　ひとり三千三百三十三羽《さんぜんさんびゃくさんじゅうさんば》だ！　端数《はすう》の十羽《じゅうわ》は俺《おれ》が折《お》るっ！」

「………」

クラスの微妙《びみょう》な雰囲気《ふんいき》が元《もと》に戻《もど》ることはなかった。

「最悪《さいあく》、鶴《つる》じゃなくてもいいぞ。鳥《とり》だったらいい。鳥《とり》ならなんでもいいぞ」

鶴《つる》は長寿《ちょうじゅ》のシンボルなのだが、それでいいのか灰呂《ハイロ》。二、三年《ねん》しか生《い》きられない鳥《とり》もいるぞ。

このあと、灰呂《ハイロ》が千羽鶴《せんばづる》をガンとしてゆずらなかったために、結局《けっきょく》巛《3》組《くみ》の出《だ》し物《もの》は『学《がっ》校《こう》にあった面白《おもしろ》い石展《いしてん》』に決定《けってい》した。

☆

いずれにせよ、今年《ことし》の文化祭《ぶんかさい》は旅行《りょこう》している場合《ばあい》ではないな。なにか問題《もんだい》が起《お》こったら来年《らいねん》からの楽《たの》しみがなくなる……

面倒臭《めんどうくさ》く感《かん》じながら、ろう下《か》を歩《ある》いていると、

「だーれだ」

いきなりうしろから手《て》が伸《の》びてきた。

いかつい手《て》が僕《ぼく》の目《め》……ではなく、口《くち》をふさぐ。

「やめてくれよ。燃堂《ねんどう》」

そう言《い》うと、手《て》はあっさりと下《さ》がり、

「相棒《あいぼう》。早速《さっそく》、校庭《こうてい》に石探《いしさが》しに行《い》くか？」

ひとりの男子生徒《だんしせいと》が僕《ぼく》の前《まえ》に回《まわ》りこんできた。

金髪《きんぱつ》のモヒカンと、深《ふか》いソリコミの入《はい》った頭《あたま》。左目《ひだりめ》にはたてに走《はし》った深《ふか》い傷《きず》。そしてなにより、深《ふか》く割《わ》れたアゴ。

こいつの名《な》は燃堂力《ねんどうりき》。テレパシーにより半径二百《はんけいにひゃく》メートルの気配《けはい》をすべて察知《さっち》できる僕《ぼく》が、こいつから簡単《かんたん》に目《め》……いや、口《くち》をふさがれたのには理由《りゆう》がある。

この高校生《こうこうせい》ばなれしたおっさん顔《がお》。そして見事《みごと》に割《わ》れたケツアゴ。それは関係《かんけい》ない。

バカだからだ。

なにも考《かんが》えていないのだ。彼《かれ》の頭《あたま》の中《なか》には『相棒《あいぼう》』と『ラーメン』という単語《たんご》ぐらいしかない。そのせいで、絶対《ぜったい》に背後《はいご》を取《と》られるはずのない僕《ぼく》でも、こいつの気配《けはい》だけは感《かん》じることができない。

そう。もう一度《いちど》言《い》おう。

バカだからだ。

ゴリラのほうがまだなにか考《かんが》えている。『あー、うんこしてえ』とか。

燃堂《ねんどう》には、そんな簡単《かんたん》な思考《しこう》すらないのだ。

ひょんなことから気《き》に入《い》られて以来《いらい》、こいつは僕《ぼく》を相棒《あいぼう》と呼《よ》び、やたらとからんでくる。

「早《はや》くしねえと面白《おもしろ》い石《いし》、他《ほか》の奴《やつ》に取《と》られちまうぞ」

「誰《だれ》も取《と》りにいく様子《ようす》がないから大丈夫《だいじょうぶ》だろ」

「お？　そうか？　じゃあ、ラーメン食《く》いにいくか？」

「朝《あさ》のホームルーム終《お》わったとこだぞ」

バカなことを言《い》い出《だ》したバカに付《つ》き合《あ》うようなバカはせず、僕《ぼく》は燃堂《ねんどう》の脇《わき》をすり抜《ぬ》けた。

そのまま廊下《かか》を進《すす》もうとするが……残念《ざんねん》なことに、燃堂《ねんどう》は僕《ぼく》のあとをついてきた。

「よし！　連《つ》れション付《つ》き合《あ》うぜ！」

「トイレじゃない」

「じゃあ一生《いっしょう》ついてくぜい」

「やめてくれ」

ゾッとすることを言《い》い出《だ》した燃堂《ねんどう》を、どうやってまこうか考《かんが》えていると。

またも別《べつ》の男子生徒《だんしせいと》が僕《ぼく》の前《まえ》に立《た》ちふさがった。

無造作《むぞうさ》にセットした淡《あわ》い水色《みずいろ》の髪《かみ》に、華奢《きゃしゃ》な体格《たいかく》。手《て》から首《くび》にかけてグルグルと真《ま》っ赤《か》な包帯《ほうたい》を巻《ま》いているが……別《べつ》にケガをしているわけじゃない。

こいつの名《な》は海藤瞬《かいとうしゅん》。俗《ぞく》に言《い》う……

いや。僕《ぼく》から説明《せつめい》する必要《ひつよう》はなさそうだ。

「斉木《さいき》。ちょっと見《み》て欲《ほ》しいものがある」

「なんだ」

海藤《かいとう》はすぐに答《こた》えようとはせず、まるで誰《だれ》かの視線《しせん》を気《き》にするように、ろう下《か》の向《む》こうや窓《まど》の外《そと》、水道《すいどう》の排水口《はいすいこう》をすばやく確認《かくにん》して、

「ここじゃあまずい……ちょっと来《き》てくれ」

僕《ぼく》の返事《へんじ》も聞《き》かずに、どこかに走《はし》り去《さ》って行《い》った。

行《い》くなんて一言《ひとこと》も言《い》ってないんだが……

かといって無視《むし》する訳《わけ》にもいかない。僕《ぼく》が行《い》くまで待《ま》ち続《つづ》けられたら、それこそ面倒《めんどう》だ。

僕《ぼく》は海藤《かいとう》のあとを追《お》って歩《ある》きだした。

「オレも行《い》くぜえ」

頼《たの》んでもいない燃堂《ねんどう》の声《こえ》を背中《せなか》で聞《き》きながら。

海藤《かいとう》が向《む》かった先《さき》は屋上《おくじょう》だった。

僕《ぼく》に手紙《てがみ》、燃堂《ねんどう》に封筒《ふうとう》を預《あず》けて、本人《ほんにん》は屋上《おくじょう》の中央《ちゅうおう》であさっての方向《ほうこう》をむき、たたずんでいた。

肝心《かんじん》のその手紙《てがみ》は……読《よ》めなかった。意味不明《いみふめい》な文字《もじ》で書《か》かれているのだ。黒地《くろじ》の紙《かみ》に白《しろ》い文字《もじ》でつづられているのだが、ミミズがのたくった跡《あと》にしか見《み》えない。

「俺《おれ》のゲタ箱《ばこ》に入《はい》ってた。それがなんだかわかるか？」

「いや」

ゲタ箱《ばこ》とくればラブレターが定番《ていばん》だが、読《よ》めないラブレターを送《おく》る奴《やつ》なんていないだろう。

僕《ぼく》にはわからなかったが、海藤《かいとう》は手紙《てがみ》に心当《こころあ》たりがあるらしく、こちらに背中《せなか》を向《む》けたまま語《かた》りはじめる。

「人類淘汰《じんるいとうた》を目論《もくろ》む秘密結社《ひみつけっしゃ》……『ダークリユニオン』からの予告状《よこくじょう》さ」

たしかに燃堂《ねんどう》が持《も》つ封筒《ふうとう》には、羽《はね》と蛇《へび》をあしらったシンボルと共《とも》に『ＤＡＲＫ《ダーク》』と書《か》かれている。書《か》かれてはいるが……なんだ。うん。

またいつものやつがはじまった。

「奴《やつ》らはとうとう俺《おれ》のことをかぎつけたらしい。奴《やつ》らの狙《ねら》いは、この右腕《みぎうで》に宿《やど》る闇《やみ》のフォース……」

海藤《かいとう》が包帯《ほうたい》ごしに右手《みぎて》の甲《こう》に口《くち》づけする。ちゃんと洗《あら》ってるんだろうな、その包帯《ほうたい》。

「闇《やみ》のフォース……『ブラック・ビート』！　奴《やつ》らはこの力《ちから》をうばい、新世界《しんせかい》を創造《そうぞう》しようとしている」

それは困《こま》ったな。

「俺《おれ》の正体《しょうたい》が……知《し》られちまった以上《いじょう》……戦《たたか》うしか……ない」

「オメーの正体《しょうたい》ってなんなの？」

燃堂《ねんどう》がたずねる。

その質問《しつもん》を待《ま》っていたとばかりに、海藤《かいとう》はにやりとした。

「フフフ。高校《こうこう》一年生《ねんせい》、海藤瞬《かいとうしゅん》は仮《かり》の姿《すがた》……その正体《しょうたい》は……」

海藤《かいとう》がビシッとポーズを決《き》める。

「コードネーム！　ハァァァア！」

海藤《かいとう》は蛇《へび》みたいに腕《うで》をうねうねさせ、

「……ハッ！」

またポーズを決《き》める。が、イマイチ気《き》に入《い》らなかったようで、すぐにまた腕《うで》をうねらせて……結局《けっきょく》、羽《は》ばたくようなポーズに落《お》ち着《つ》き、

「……漆黒《しっこく》の翼《つばさ》……」

わざわざイイ声《こえ》を作《つく》り、ドヤ顔《がお》で言《い》った。

そう。彼《かれ》は俗《ぞく》に言《い》う『中二病《ちゅうにびょう》』という病《やまい》におかされている。

右腕《みぎうで》には『ブラック・ビート』とやらが宿《やど》っているそうだが、他《ほか》にも右目《みぎめ》や左目《ひだりめ》、ついでに左腕《ひだりうで》にもなにかしらが宿《やど》っており、もはや宿舎《しゅくしゃ》みたいになっていた。

「それはいいが、なぜこれを僕《ぼく》に」

「とぼけるな。フォースを持《も》った俺《おれ》たちで戦《たたか》うしかないだろう」

たしかに僕《ぼく》は超能力《フォース》を持《も》っているが、海藤《かいとう》の言《い》う妄想《フォース》とはわけがちがう。それはコイツが勝手《かって》に付《つ》けた設定《せってい》だ。いつも大人《おとな》しい僕《ぼく》を同志《どうし》とカン違《ちが》いしているのだ。

「しかし、この手紙《てがみ》、なんて書《か》いてあんだ？」

燃堂《ねんどう》はフォースよりも手紙《てがみ》が気《き》になるようだった。

「フッフッフ……」

意味深《いみしん》に笑《わら》う海藤《かいとう》だが、

「わからん」

わからないのか。

「しかし、斉木《さいき》。俺《おれ》はイヤな予感《よかん》がするぜ」

僕《ぼく》はしない。

「奴《やつ》ら……ハッ！」

海藤《かいとう》がこちらにかけ寄《よ》り、正体《しょうたい》を明《あ》かしたときと同《おな》じポーズを決《き》める。

「文化祭《ぶんかさい》を襲《おそ》う気《き》だァ!!」

そんな隣町《となりまち》の学校《がっこう》のヤンキーみたいなことをする組織《そしき》なのか。

「なるほどなー。そんなことが書《か》いてあるような気《き》がするぜ」

燃堂《ねんどう》。お前《まえ》も適当《てきとう》なことを言《い》うな。

しかし、誰《だれ》がこんな手紙《てがみ》を……

少《すこ》し気《き》になった僕《ぼく》は、手紙《てがみ》を調《しら》べてみることにした。

「漆黒《しっこく》の翼《つばさ》。この手紙《てがみ》、預《あず》かっておいてもいいか」

「ああ」

僕《ぼく》の超能力《フォース》で、誰《だれ》が書《か》いたかわかるだろう。

☆

PK《ピーケー》祭《さい》まで、あと一週間《いっしゅうかん》。

海藤《かいとう》の手紙《てがみ》については、預《あず》かった日《ひ》のうちにサイコメトリーで調《しら》べてみた。

サイコメトリーとは、手《て》で触《ふ》れることによって物体《ぶったい》に残《のこ》った人《ひと》の思《おも》い出《で》や記憶《きおく》——残留《ざんりゅう》思念《しねん》を読《よ》み取《と》る超能力《ちょうのうりょく》のことだ。

たとえば、イスに触《ふ》れたなら、過去《かこ》にそのイスに座《すわ》った者《もの》や、イスを購入《こうにゅう》した者《もの》、果《は》てはそれを組《く》み立《た》てた職人《しょくにん》までも知《し》ることができる。

便利《べんり》な能力《のうりょく》ではあるが、万能《ばんのう》には程遠《ほどとお》い。トイレの便器《べんき》、食堂《しょくどう》の食器《しょっき》、公共《こうきょう》の乗《の》り物《もの》――世《よ》の中《なか》には過去《かこ》を知《し》るべきではない物《もの》のほうが多《おお》いからだ。うっかり小説《しょうせつ》や漫画《まんが》に触《ふ》れようものなら、作者《さくしゃ》の思考《しこう》まで視《み》えてしまい、話《はなし》のオチがわかってしまう。日常生活《にちじょうせいかつ》において不便《ふべん》きわまりないため、僕《ぼく》は普段《ふだん》、肉眼《にくがん》で見《み》えないくらいの薄《うす》い手袋《てぶくろ》をしている。これによって無用《むよう》なサイコメトリーをさけているのだ。

さて、肝心《かんじん》の海藤《かいとう》の手紙《てがみ》だが――書《か》いた者《もの》の姿《すがた》は視《み》えたものの、その正体《しょうたい》まではわからなかった。薄暗《うすぐら》い部屋《へや》の中《なか》、黒《くろ》いフードで素顔《すがお》を隠《かく》し、まるで秘密結社《ひみつけっしゃ》の構成員《こうせいいん》みたいなかっこうで手紙《てがみ》を書《か》いていたのだ。

まさか本当《ほんとう》にダークリユニオンが？　……なんてことを海藤《かいとう》に伝《つた》えれば、つけあがるに決《き》まっている。今《いま》はひとまず、保留《ほりゅう》ということにしておいた。

海藤《かいとう》も手紙《てがみ》のことは忘《わす》れて、ＰＫ《ピーケー》祭《さい》で展示《てんじ》する石《いし》を探《さが》すのに夢中《むちゅう》になっているようだからな。

もっとも、それは海藤《かいとう》だけではなく、③組《くみ》の全員《ぜんいん》に言《い》えることだったが。

教室《きょうしつ》では、クラスメートたちがそれぞれ見《み》つけた石《いし》を持《も》ち寄《よ》っていた。

「ばーん！　これ、すごくね？」

ひとりの生徒《せいと》が自分《じぶん》の石《いし》を机《つくえ》の上《うえ》で披露《ひろう》している。

どう見《み》てもアンモナイトの化石《かせき》だが。

「おお～、こんなのあった？」

「体育館《たいいくかん》の裏《うら》に」

本当《ほんとう》にあったのかそれは。

「なああ！　灰呂《ハイロ》は展示《てんじ》する石《いし》、決《き》めた？」

「毎日《まいにち》探《さが》してるんだが、なかなかパッとしたものが見《み》つからなくてね」

悔《くや》しそうにつぶやく灰呂《ハイロ》だが、彼《かれ》の机《つくえ》の上《うえ》には匠《たくみ》の技《わざ》が炸裂《さくれつ》した見事《みごと》なシーサー像《ぞう》が置《お》かれていた。

明《あき》らかに加工《かこう》されてるだろ。

「それ拾《ひろ》ったの!?」

「ああ」

匠《たくみ》が捨《す》てたのか。

「十分《じゅうぶん》すごくね？」

「今日《きょう》の放課後《ほうかご》も、探《さが》してみるつもりだよ」

それ以上《いじょう》の石《いし》が見《み》つかるとは思《おも》えないけどな。

一方《いっぽう》、他《ほか》の生徒《せいと》たちも——

「この石《いし》の色《いろ》、ウサギ小屋《ごや》っぽくない？」

「ウサギ小屋《ごや》の色《いろ》ってなに……？」

「これとかさ、サイズ感《かん》がちょうどいいよな」

「いや、でけぇよ」

「わー、見《み》た目《め》のわりに全然重《ぜんぜんおも》くなーい」

「これも全然重《ぜんぜんおも》くなーい。なんでぇ？」

くだらない企画《きかく》のわりに、それなりにも上《あ》がっているな。

そうあきれたとき、教室《きょうしつ》のうしろでどよめきが起《お》こった。

「ええええぇえぇえええぇえええぇええ!?」

「照橋《てるはし》さん、ミスコン出《で》ないの!?」

ひとりの女子生徒《じょしせいと》を囲《かこ》み、人《ひと》だかりができている。

「だって、私《わたし》なんか出《で》ても全然《ぜんぜん》ダメだもん」

青《あお》みがかったロングヘアーの、整《ととの》った顔立《かおだ》ちをした女子生徒《じょしせいと》。彼女《かのじょ》は照橋心美《てるはしここみ》。

この学年《がくねん》、いや、この学校《がっこう》で一番人気《いちばんにんき》の女子生徒《じょしせいと》だ。

しかし、僕《ぼく》はまったく好《す》きになれない。なぜなら……

「絶対《ぜったい》ミスＰＫ《ピーケー》学園《がくえん》間違《まちが》いなしなのに！」

「そんな！　無理無理《むりむり》～～」

両手《りょうて》をぱたぱたさせて否定《ひてい》する彼女《かのじょ》も、心《こころ》の中《なか》では、

（だって私《わたし》が出《で》たらパニックになっちゃうよ。それ、わかってる？　ねえ？）

などと思《おも》っている。

（私《わたし》って美少女《びしょうじょ》なわけでしょ？　それは自意識過剰《じいしきかじょう》じゃなくて単《たん》なる事実《じじつ》。将来《しょうらい》どんな職《しょく》業《ぎょう》についても『美人《びじん》すぎる』が頭《あたま》につくことは確実《かくじつ》なわけでしょ？　美人《びじん》すぎる医者《いしゃ》とか、美人《びじん》すぎる警察官《けいさつかん》とか、美人《びじん》すぎる受付《うけつけ》とか、美人《びじん》すぎるＣＡ《シーエー》とか？）

こういうところが好《す》きになれない。

「人前《ひとまえ》……苦手《にがて》なのよ」

と言《い》いながら。

(スカウトとか来《こ》られたらめんどくせえし)

そういうとこも。

(だって、私《わたし》が出《で》ちゃったらダントツすぎて全然《ぜんぜん》もり上《あ》がんないよ。言《い》っとくけど)

そゆとこも。

照橋《てるはし》さんは両手《りょうて》を胸元《むなもと》でにぎりしめ、さも名案《めいあん》を思《おも》いついたかのように、

「りかちゃん、かわいいんだから出《で》ればいいじゃん！」

(つって、友達《ともだち》をかわいいって言《い》っちゃう私《わたし》がかわいすぎるやろ！　どこまでかわいいねん！　私《わたし》っ！)

好《す》きになれる要素《ようそ》がひとつもない。

(私《わたし》はかわいい上《うえ》に優《やさ》しい。それってどういうことかわかる？　無敵《むてき》ってこと)

もはや怖《こわ》い。

もっとも、そんな照橋《てるはし》さんの胸中《きょうちゅう》など知《し》る由《よし》もなく、出場《しゅつじょう》を勧《すす》められた女子生徒《じょしせいと》は照《て》れ

臭《くさ》そうにもじもじしていた。

「じゃあ、私《わたし》、出《で》ちゃおうかな」

照橋《てるはし》さんが両手《りょうて》をパンッと打《う》ち鳴《な》らす。

「そうして！　だって、私《わたし》なんかより全然《ぜんぜん》かわいいもん」

心《こころ》にもないことを言《い》って、友人《ゆうじん》の女子生徒《じょしせいと》をその気《き》にさせたあと。

彼女《かのじょ》はにんまりと僕《ぼく》を見《み》つめ、友人《ゆうじん》たちの輪《わ》から抜《ぬ》けだしてゆっくりと近《ちか》づいてきた。

彼女《かのじょ》はなぜか僕《ぼく》を追《お》ってくる。あの日《ひ》からだ――


今年《ことし》の夏休《なつやす》みのこと。

家《いえ》の麦茶《むぎちゃ》がきれたため、買《か》い出《だ》しに出《で》かけた帰《かえ》り道《みち》。

僕《ぼく》は照橋《てるはし》さんと出会《であ》った。

「あーっ！　やっぱり斉木《さいき》くんだ！　歩《ある》いてるの見《み》かけて、走《はし》ってきちゃった！」

彼女《かのじょ》は遊歩道《ゆうほどう》の向《む》こうからかけてきて、そう言《い》った。

『優《やさ》しくてカンペキな美少女《びしょうじょ》』を演《えん》じているのだろうが、心《こころ》の中《なか》では――

（はい、ドォ――――ン！）

どこかのせぇるすまんのように笑《わら》っていた。

（これであなたの夏休《なつやす》みの一番《いちばん》の思《おも》い出《で》は確定《かくてい》したわね。さあ、まずは『おっふ』でしょ？男《おとこ》の子《こ》はみんな私《わたし》が目《め》の前《まえ》に現《あらわ》れると『おっふ』って言《い》うのよ。ろう下《か》で出会《であ》えば『おっふ』、渡《わた》りろう下《か》で出会《であ》っても『おっふ』、ゲタ箱《ばこ》でばったり『おっふ』、フェンスごしにプールをながめて夏《なつ》を感《かん》じていたはずがふり向《む》いて『おっふ』……家《いえ》で麦茶《むぎちゃ》でも飲《の》みながらテレビ観《み》て、スイカかじっては麦茶《むぎちゃ》飲《の》んで、麦茶《むぎちゃ》を一日中《いちにちじゅう》飲《の》んで過《す》ごしている、それはそれはみじめな夏休《なつやす》み。学校一《がっこういち》の美少女《びしょうじょ》とバッタリ街《まち》で遭遇《そうぐう》！　しかもわざわざかけ寄《よ》ってきてくれちゃったあ！　はい、完全好《かんぜんす》きになっちゃったあ〜！　いいのよ……身《み》の程《ほど》知《し》らずの恋《こい》をしても。ふふ）

どれだけ麦茶《むぎちゃ》が好《す》きなんだ、僕《ぼく》は。

しかし、手《て》に提《さ》げた袋《ふくろ》にはギチギチのパンパンに麦茶《むぎちゃ》がつまっている。否定《ひてい》しづらい。

さらに、彼女《かのじょ》が想像《そうぞう》していた男子《だんし》の『おっふ』も正《ただ》しい。普通《ふつう》の男子《だんし》は彼女《かのじょ》と出会《であ》うと『おっふ』する。海藤《かいとう》だって『おっふ』する。あの燃堂《ねんどう》も『おっふ』する。

だからこそ危険《きけん》なのだ。

照橋《てるはし》さんと一緒《いっしょ》にいるところを誰《だれ》かに目撃《もくげき》されたら、それだけでクラスの、いや、学校《がっこう》中《じゅう》のウワサになってしまう。

主《おも》に男子生徒《だんしせいと》の恨《うら》みを買《か》い、好感度《こうかんど》はだだ下《さ》がり。

掃除《そうじ》が終《お》わっても誰《だれ》も僕《ぼく》の机《つくえ》からイスを下《お》ろしてくれなくなるだろう。

そんな日常《にちじょう》はごめんだ。

僕《ぼく》はスッと頭《あたま》を下《さ》げ、その場《ば》から立《た》ち去《さ》ることにした。


——したのだが。


(それだけっ!?)

彼女《かのじょ》は心《こころ》の中《なか》で、心底《しんそこ》たまげていた。

(なによ、その薄々《うすうす》な反応《はんのう》! 『おっふ』はどうしたの? 『おっふ』は!? 私《わたし》を街《まち》で見《み》かけた男《おとこ》どもは総《そう》じて『おっふ』するのよ! もっと目《め》ン玉《たま》見開《みひら》いてみっともなく手足《てあし》をバタバタさせながら、

『おっふ! あわわわ! ててて、照橋《てるはし》さぁぁあんっ!? おっ……ふ、おっふ』

ってあわてふためくとこでしょ!? 近所《きんじょ》のおばちゃんに出《で》くわしたレベルの反応《はんのう》、やめて！　……あああああ！　そうか！　きっと驚《おどろ》きすぎて声《こえ》も出《で》なかったのね！　ってことは今頃《いまごろ》、顔《かお》をくしゃくしゃにして、

『わあああぁぁぁあああん……せっかく照橋《てるはし》さんが話《はな》しかけてくださったのにぃ、僕《ぼく》は……なにも言《い》えなかったぁぁ……チャンスだったのにぃぃ……僕《ぼく》のバカバカバカバカバカバカバカバカバカ……バカ……バカ……バカ！』

なんて自分《じぶん》の頭《あたま》をポカポカ叩《たた》くぐらい、ものすごい自己嫌悪《じこけんお》におちいっているところね……仕方《しかた》ない。もう一度《いちど》チャンスをあげるわ。なぜなら私《わたし》は、かわいいだけじゃない。優《やさ》しい、カンペキな美少女《びしょうじょ》だから……）

いたって真顔《まがお》のまま歩《ある》き去《さ》ろうとする僕《ぼく》を、照橋《てるはし》さんは追《お》いかけてきた。

わざわざ僕《ぼく》の目《め》の前《まえ》に回《まわ》って、

「ちょっと〜。無視《むし》ってひどくなーい？」

彼女《かのじょ》は小首《こくび》をかしげ、足《あし》を交差《こうさ》させてみせた。

普通《ふつう》の男子《だんし》はおろか、石油王《せきゆおう》さえ『おっふ』しそうなかわいらしいポーズ……なのだろ

う。普通《ふつう》の奴《やつ》からすれば。

しかし、僕《ぼく》は彼女《かのじょ》の横《よこ》をスッと素通《すどお》りした。

そのことがいっそう彼女《かのじょ》のプライドを傷《きず》つけたようだった。

(会釈《えしゃく》すらしない！　ノー会釈《えしゃく》&スルーっ！　もちろんノー『おっふ』！　ハッ！　わかった！　きっと私《わたし》のことを幻《まぼろし》かなにかだと思《おも》ってるんだわ！　あのうしろ姿《すがた》は、悲《かな》しそうにうつむいて、

『街《まち》で照橋《てるはし》さんに会《あ》うなんて奇跡《きせき》、あるわけないよ。こんな幻《まぼろし》まで見《み》ちゃうなんて……照《てる》橋《はし》さんはどこまで僕《ぼく》のハートをかき乱《みだ》すつもりなんだ』

なんてため息《いき》をついてるに決《き》まってる。かわいそうな斉木《さいき》。よほどみじめな人生《じんせい》を歩《あゆ》んできたのね。仕方《しかた》ない。特別《とくべつ》にボディタッチしてあげるわ。そしたら幻《まぼろし》じゃないってわかるものね)

再《ふたた》び照橋《てるはし》さんが追《お》いかけてくる。

「さ・い・き・くーん！　どっこ行《い》っくのっ！」

と、人差《ひとさ》し指《ゆび》を突《つ》き出《だ》してくるが……

僕《ぼく》はなんなくスッ……とよけて、そのまま歩《ある》き続《つづ》けた。

まさかよけられるとは思《おも》っていなかったのか、

(なあああぁぁ……!?)

彼女《かのじょ》は大口《おおぐち》を開《あ》けてぶったまげていた。

(よけられたっ！　よけるってどういうこと？　そうなの？　うん……それしか考《かんが》えられない。幻《まぼろし》の私《わたし》に触《ふ》れるのも恐《おそ》れ多《おお》いということなのね!?　きっと今頃《いまごろ》、胸《むね》をさすさすりながら、

『めっそうもないよ〜。いくら幻《まぼろし》でも、照橋《てるはし》さんに触《ふ》れるなんて無理《むり》だよ〜。心《しん》の臓《ぞう》が止《と》まっちゃうよぉ……あぁ〜〜〜……ああっ！』

とか考《かんが》えてるんだわ。

いけない。いけない。斉木《さいき》が死《し》んじゃう。まさか斉木《さいき》の中《なか》で、私《わたし》という存在《そんざい》がそこまで大《おお》きいものになっていたなんて……)

納得《なっとく》した様子《ようす》の彼女《かのじょ》だが、僕《ぼく》を『おっふ』させるまであきらめるつもりはないらしく、ずっとあとをついてきた。

……面倒《めんどう》だ。

瞬間移動《しゅんかんいどう》で手《て》っ取《と》り早《ばや》くはなれたかったが、彼女《かのじょ》に見《み》られていてはそれもできない。どこか人気《ひとけ》のない場所《ばしょ》に行《い》かなければ。

そう考《かんが》えて歩《ある》いていると、ガラガラの図書館《としょかん》が見《み》えた。

ちょうどいい。

僕《ぼく》はすかさず走《はし》りだした。

照橋《てるはし》さんもあとを追《お》い、走《はし》って来《く》るが――

「あれ？　斉木《さいき》は？　斉木《さいき》はどこ？」

中庭《なかにわ》できょろきょろする照橋《てるはし》さん。

もう遅《おそ》い。僕《ぼく》は瞬間移動《しゅんかんいどう》したあとだ。

「え……幻《まぼろし》？　逆《ぎゃく》に……私《わたし》が斉木《さいき》の幻《まぼろし》を見《み》てたってこと？　そもそも私《わたし》……なんであんなにも斉木《さいき》に執着《しゅうちゃく》してたんだろ……まさか……」

ありえない想像《そうぞう》をしてしまったとでもいうように、照橋《てるはし》さんは頭《あたま》をブンブンふったが、すぐにピタッと固《かた》まり、くちびるを引《ひ》き結《むす》んだ。そして、足下《あしもと》に視線《しせん》を落《お》とす。

目《め》をギュッとつむり、開《あ》けるのをくり返《かえ》す。なぜだろう。彼女《かのじょ》の顔《かお》は紅潮《こうちょう》しているようだった。首元《くびもと》から額《ひたい》にかけて、どんどん赤《あか》くなっていく。

照橋《てるはし》さんは火照《ほて》ったほおを冷《さ》ますように、両手《りょうて》を添《そ》えて、

「まさか私《わたし》……斉木《さいき》のこと……」

誰《だれ》もいない中庭《なかにわ》でひとり、つぶやいた——


——そして今《いま》。

照橋《てるはし》さんは僕《ぼく》に異様《いよう》な執着《しゅうちゃく》を見《み》せていた。

教室《きょうしつ》のうしろからおもむろに近《ちか》づいてきて、話《はな》しかけてくる。

「斉木《さいき》くんは、展示《てんじ》する石《いし》決《き》めたの？」

夏休《なつやす》みのときのように無視《むし》したいところだが……教室《きょうしつ》ではそうもいかない。照橋《てるはし》さんを慕《した》っている者《もの》の目《め》が多《おお》いせいで、彼女《かのじょ》を無視《むし》しようものなら、それだけで好感度《こうかんど》が下《さ》がってしまう。彼女《かのじょ》から話《はな》しかけられた時点《じてん》で、やっかまれているというのに。

まったく……厄介《やっかい》な。

「ああ。これ」

僕《ぼく》はしぶしぶ照橋《てるはし》さんに付《つ》き合《あ》い、自分《じぶん》の石《いし》を見《み》せた。

これといった特徴《とくちょう》もない普通《ふつう》の石《いし》だ。しいて言《い》うなら角張《かくば》っている。硬《かた》い。重《おも》い。殴《なぐ》ったら痛《いた》そう。つまりまあ、普通《ふつう》の石《いし》だ。

しかし、彼女《かのじょ》には違《ちが》って見《み》えたらしい。

「ハッ！　かっ、かわいいぃ〜。やっぱり、斉木《さいき》くんってセンスいいね」

そんなに無理《むり》してほめなくても。

「展示《てんじ》……ってことは、当日《とうじつ》は自由行動《じゆうこうどう》じゃない？　斉木《さいき》くんはなにするつもりなの？」

「まあ……ブラブラ」

「私《わたし》もぉ〜〜！　偶然《ぐうぜん》だね、お互《たが》いブラブラだなんて」

しまった。石《いし》の展示《てんじ》の見張《みは》りとでも言《い》って濁《にご》しておくべきだったか。

どう答《こた》えたものか迷《まよ》っていると、誰《だれ》かがバタバタとかけ寄《よ》ってきた。

海藤《かいとう》だ。

「照橋《てるはし》さん、申《もう》し訳《わけ》ないが、斉木《さいき》は俺《おれ》といっしょに戦《たたか》うことになる。ダークリユニオンとな」

いつ決《き》まったんだ。ひとりで戦《たたか》え。僕《ぼく》は平和主義者《へいわしゅぎしゃ》だ。

「へえ、そうなんだ」

照橋《てるはし》さんはまったく興味《きょうみ》なさそうだったが、海藤《かいとう》はなにをカン違《ちが》いしたのか、

「まさか！　照橋《てるはし》さんもなんらかのフォースを持《も》っていて、俺《おれ》たちの仲間《なかま》とな——」

「ごめんっ！　ちょっとその話《はなし》、わかんないや」

「なにっ!?」

照橋《てるはし》さんは海藤《かいとう》の言葉《ことば》をさえぎって、自分《じぶん》の頭《あたま》をちょんとつついた。

さすがに付《つ》き合《あ》いきれなかったらしい。当然《とうぜん》だ。

「さて、石探《いしさが》しにいこ」

本当《ほんとう》に石《いし》を探《さが》したかったのか、それとも海藤《かいとう》から距離《きょり》を置《お》きたかったのか。

照橋《てるはし》さんは軽《かる》い足取《あしど》りで去《さ》って行《い》った。そして教室《きょうしつ》を出《で》ようとしたところでふり返《かえ》り、僕《ぼく》を見《み》つめる。

そんな照橋《てるはし》さんを見《み》て、教室《きょうしつ》のうしろで燃堂《ねんどう》が『おっふ』していた。

僕《ぼく》を見《み》つめる照橋《てるはし》さんを見《み》つめる燃堂《ねんどう》を見《み》る僕《ぼく》。
……なんだこの光景《こうけい》。

第《だい》二章《しょう》

見《み》まわれ！ P《ピー》K《ケー》学《がく》園《えん》文《ぶん》化《か》Ψ《サイ》！

とうとうPK《ピーケー》祭《さい》の日《ひ》がやってきた。

気乗《きの》りしないまま朝食《ちょうしょく》を食《た》べていると、父《ちち》の手元《てもと》にあったコーヒーカップが床《ゆか》に落《お》ち、にぶい音《おと》を立《た》てて割《わ》れた。

ベーコンエッグにコショウをかけていた母《はは》の手《て》が止《と》まる。

「やだ……コーヒーカップが割《わ》れるなんて……不吉《ふきつ》ぅ……」

「どうせ、楠雄《くすお》のしわざだろ」

しわざってなんだ。そんなことするメリットないだろ。

「……やだっ！　トーストが黒《くろ》こげ！　不吉《ふきつ》よ！」

キッチンに向《む》かった母《はは》が、暗黒物質《ダークマター》を指《ゆび》でつまみ、叫《さけ》ぶ。

ちゃんとタイマー、セットしなかっただけだよね。

「カラスだっ！」

窓《まど》の外《そと》を見《み》て、父《ちち》も叫《さけ》ぶ。

「カラスがいたよ！　不吉《ふきつ》だよ！」

普通《ふつう》にいるよ、いつも。

「なにか災難《さいなん》が起《お》こるわ。くーちゃんになにか……」

ハッとして、母《はは》が僕《ぼく》を見《み》た。

「斉木楠雄《さいきくすお》のΨ難《サイなん》よ!!」

タイトルコールしたのかな?

「斉木楠雄《さいきくすお》のΨ難《サイなん》かっ!?」

父《ちち》も乗《の》っかる。うん、そういうタイトルだから災難《さいなん》があったとしても仕方《しかた》ないよ。

「くーちゃん。今日《きょう》の文化祭《ぶんかさい》……気《き》をつけてね」

「ママ! 楠雄《くすお》のために……火打《ひう》ち石《いし》、打《う》ってやろう」

「そうね!」

ふたりは互《たが》いに向《む》かい合《あ》い、

「こんこん」

おでこをつつき合《あ》わせた。

「無事《ぶじ》を祈《いの》ってる」

父《ちち》は笑顔《えがお》でそう言《い》った。

……なぜだろう。祈《いの》られた気《き》がしない。

釈然《しゃくぜん》としないまま、僕《ぼく》は学校《がっこう》に向《む》かっていた。

僕《ぼく》は半径《はんけい》二百《にひゃく》メートルの心《こころ》の声《こえ》を聞《き》くことができる。千里眼《せんりがん》も使《つか》える。それでも、文化《ぶんか》祭《さい》のそこかしこで起《お》こる事件《じけん》を、すべて未然《みぜん》に防《ふせ》ぐのは至難《しなん》の業《わざ》だろう。

そして面倒《めんどう》なことに、朝《あさ》から怪《あや》しい影《かげ》がついてくる。

その正体《しょうたい》は照橋《てるはし》さん。心《こころ》の声《こえ》が丸聞《まるぎ》こえだ。

（ふふふ。斉木《さいき》……このＰＫ《ピーケー》祭《さい》というイベントを利用《りよう》して、一気《いっき》にあなたから百《ひゃく》おっふ

……そう！　百《ひゃく》おっふをうばってあげるわ。そうすればあなたはもう私《わたし》の……トリコ）

なんなんだ、百《ひゃく》おっふって。

学校《がっこう》に着《つ》くと、着々《ちゃくちゃく》と文化祭《ぶんかさい》の準備《じゅんび》が進《すす》められていた。

校門《こうもん》にはヒマワリのかざりをあしらった『ＰＫ祭《ピーケーさい》』の黄色《きいろ》いゲートが立《た》てられ、売店《ばいてん》を出《だ》すクラスは準備《じゅんび》に大忙《おおいそが》しだ。

『チョコバナナ』に『焼《や》きそば』……うん。文化祭《ぶんかさい》っぽいな。

設営《せつえい》されたテントの中《なか》では、お化《ば》けやしきの幽霊役《ゆうれいやく》なのか、メイクにはげんでいる女子《じょし》生徒《せいと》の姿《すがた》も見《み》える──というか外《そと》でやるな。自分《じぶん》の教室《きょうしつ》ではげめ。

『女装《じょそう》メイド喫茶《きっさ》』『焼《や》きそば』

校舎《こうしゃ》の中《なか》から、続々《ぞくぞく》と立《た》て看板《かんばん》が運《はこ》び出《だ》されてくる。

『うどん』『フランクフルト』『焼《や》きそば』『丼物《どんぶりもの》』『焼《や》きそば』

焼《や》きそば多《おお》いな。

窓《まど》を見上《みあ》げれば、いろいろなポスターが貼《は》り出《だ》されている。

『お化《ば》けやしき』『カフェ』『ストラックアウト』『お化《ば》けやしき』

『カフェ』『お化《ば》けやしき』『お化《ば》けやしき』

いろいろなかった。お化《ば》けやしきとカフェばっかりだ。

大丈夫《だいじょうぶ》かＰＫ祭《ピーケーさい》。焼《や》きそばとお化《ば》けやしきとカフェだらけだぞ。

他《ほか》にも、三階《がい》からは催《もよお》し物《もの》を知《し》らせるカラフルなたれ幕《まく》が下《さ》がっており、

『宝探《たからさが》しゲーム』『ヒーローフェスティバル』『フィーリングカップル』

『ショートフィルム上映会《じょうえいかい》』『トロいの館《やかた》』
なんだ、『トロい』って。ああ、いや。『占い』か。
しかし、なにも明《あか》るいたれ幕《まく》ばかりではない。
来場者《らいじょうしゃ》の目《め》が届《とど》きづらい校舎《こうしゃ》のかげには、
『今年《ことし》は問題《もんだい》なしでまいりましょう』
と、とてつもなくうしろ向《む》きなスローガンが書《か》かれたたれ幕《まく》も下《さ》げられていた。
……もう少《すこ》し前向《まえむ》きなスローガンはなかったのか。

巛《3》組《くみ》の教室《きょうしつ》では、クラスメートたちがおのおの見《み》つけた石《いし》を配置《はいち》していた。
僕《ぼく》の石《いし》もすでに置《お》いてある。
展示《てんじ》プレートに記《しる》されたタイトルは『校庭石《こうていいし》』……
プレートに添《そ》えられたPR《ピーアール》コメントも『いい感《かん》じの石《いし》がありました』とぬかりない。
「全員配置《ぜんいんはいち》してくれよーっ！」
教壇《きょうだん》に立《た》った灰呂《ハイロ》が号令《ごうれい》を飛《と》ばす。

「こうして見《み》るとなかなかすごいのが集《あつ》まったな」

「けっこう見《み》ごたえあるんじゃね？」

あらかた配置《はいち》の終《お》わった教室《きょうしつ》を見渡《みわた》して、自画自賛《じがじさん》する男子生徒《だんしせいと》。

「フッフハーッハァ！」

いきなり海藤《かいとう》の高笑《たかわら》いが響《ひび》いた。

全員《ぜんいん》の注目《ちゅうもく》が集《あつ》まるのを待《ま》ち、海藤《かいとう》が自分《じぶん》の石《いし》をかかげる。

キラキラした黒《くろ》い破片《はへん》がへばりついた、茶色《ちゃいろ》い石《いし》だ。

「俺《おれ》の石《いし》は……ただの石《いし》じゃ〜……ない。魔力《まりょく》を封《ふう》じこめた……封魔石《ふうまいし》というものだ」

ふぅーん。

「そんなもんただの石《いし》じゃねえか」

海藤自慢《かいとうじまん》の封魔石《ふうまいし》に、燃堂《ねんどう》がいちゃもんを付《つ》ける。

「オレっちの人面石《じんめんいし》の方《ほう》がすげーぜ」

どう見《み》ても地蔵《じぞう》の首《くび》だ。どこの寺《てら》から盗《ぬす》んできた。

「見《み》て見《み》て！」

今度《こんど》は照橋《てるはし》さん。両手《りょうて》で石《いし》をかかげている。

あの形《かたち》は――

「ハート形《がた》！　かわいくない？」

クラスの男子《だんし》、ほぼ全員《ぜんいん》が『おっふ』ととび上《あ》がった。

「かわいいぃ〜〜〜」

絶賛《ぜっさん》の嵐《あらし》だ。ハートの真《ま》ん中《なか》に亀裂《きれつ》入《はい》ってるけどな。

「おっ？　窪谷須《くぼやす》、お前《まえ》の変《か》わってんな」

燃堂《ねんどう》が近《ちか》くにいた男子生徒《だんしせいと》に声《こえ》をかけた。黒《くろ》い髪《かみ》を真《ま》ん中分《なかわ》けにしてメガネをかけた、マジメそうな生徒《せいと》だ。

「ああ。赤《あか》い模様《もよう》がビビッドでしょ？　校舎裏《こうしゃうら》の人目《ひとめ》につかないような場所《ばしょ》に、隠《かく》すように置《お》いてあったんだ」

僕《ぼく》には赤《あか》い模様《もよう》というより、赤《あか》い血《ち》のりが付着《ふちゃく》しているようにしか見《み》えない。事件《じけん》の臭《にお》いがするぞ。

教壇《きょうだん》に立《た》つ灰呂《ハイロ》が『うんうん』とうなずく。

「うん！　多種多様《たしゅたよう》な石《いし》が集《あつ》まっていい企画《きかく》になった！　これも、みんながんばって石《いし》を探《さが》してくれたおかげだよ」

そんな灰呂《ハイロ》はテニスラケット形《がた》の石《いし》を持《も》っていた。

お前《まえ》のはどれだけがんばっても見《み》つかる気《き》がしないがな。

「よーし！　それじゃみんなで、円陣《えんじん》を組《く》もう！」

「ええ〜……」

灰呂《ハイロ》の提案《ていあん》に、クラス中《じゅう》から不満《ふまん》がもれる。

「早《はや》くっ！」

灰呂《ハイロ》の熱意《ねつい》に押《お》される形《かたち》で、クラスのみんなは彼《かれ》を囲《かこ》み、円陣《えんじん》を組《く》んだ。

円陣《えんじん》の中央《ちゅうおう》で腰《こし》を落《お》とし、灰呂《ハイロ》が音頭《おんど》を取《と》る。

「文化祭《ぶんかさい》っ！　成功《せいこう》させるぞおおおおっ！」

「「おおおおっ！」」

「…………じゃ……解散《かいさん》っ！」

クラスの出《だ》し物《もの》は展示《てんじ》だ。

別《べつ》に気合《きあ》いを入《い》れる必要《ひつよう》はないし、教室《きょうしつ》に残《のこ》ろうという物好《ものず》きもいない。

……今《いま》のはなんのための円陣《えんじん》だったんだ？

クラスメートたちが散《ち》り散《ぢ》りになっていくなか。

とんっ、と誰《だれ》かが僕《ぼく》の肩《かた》に触《ふ》れてきた。

「斉木《さいき》よ」

燃堂《ねんどう》と話《はな》していたメガネの男子生徒《だんしせいと》だ。

「さっき突然《とつぜん》、赤《あか》く染《そ》まった石《いし》を出《だ》す登場《とうじょう》をさせてもらったが……読者《どくしゃ》の皆《みな》さん的《てき》に、あの……すごく唐突《とうとつ》だと思《おも》うんだ。僕《ぼく》の紹介《しょうかい》はしなくていいのか？」

仕方《しかた》ない。テレパシーで伝《つた》えてやろう。あれはたしか……三ヶ月《かげつ》ほど前《まえ》のことだ。

教壇《きょうだん》には担任《たんにん》の松崎《まつざき》と、ひとりの男子生徒《だんしせいと》の姿《すがた》があった。

「え〜、本日転校《ほんじつてんこう》してきた、窪谷須亜蓮《くぼやすあれん》くんだ」

その転校生《てんこうせい》こそが事件《じけん》の臭《にお》いがする石《いし》の発見者《はっけんしゃ》、窪谷須亜蓮《くぼやすあれん》。

前《まえ》の学校《がっこう》で極悪非道《ごくあくひどう》なヤンキー、暴走族《ぼうそうぞく》の総長《そうちょう》をやっていたが、転校《てんこう》を機《き》に普通《ふつう》の高校《こうこう》生《せい》に戻《もど》ろうとしている。

元《もと》ヤンであることを完全《かんぜん》に隠《かく》し通《とお》していると思《おも》っているが、もちろん僕《ぼく》にはバレている。

転校初日《てんこうしょにち》。ろう下《か》で他《ほか》の生徒《せいと》と肩《かた》がぶつかったとき。

相手《あいて》の生徒《せいと》はなにも言《い》わず素通《すどお》りしようとしたが、窪谷須《くぼやす》は違《ちが》った。

「――――!?」

白目《しろめ》をひんむき、般若《はんにゃ》のような形相《ぎょうそう》を浮《う》かべて、近《ちか》くにあった消火器《しょうかき》を手《て》に取《と》った。

そしてすばやくふりかぶるが――

(ハアッ!?　一般人《パンピー》は肩《かた》がぶつかっても背後《はいご》から消火器《しょうかき》で殴《なぐ》らねーんだった！)

そう思《おも》い止《とど》まり、ぴたりと固《かた》まる。

その様子《ようす》を、僕《ぼく》はろう下《か》のはしからそっとのぞいていた。

消火器《しょうかき》で殴《なぐ》るって。ヤンキーでもしないんじゃないか。

窪谷須《くぼやす》は僕《ぼく》が見《み》ていることに気付《きづ》かなかったらしく、何事《なにごと》もなかったように消火器《しょうかき》を元《もと》に戻《もど》し、

「あぶねえ。誰《だれ》にも見《み》られてねえ」

窓枠《まどわく》にもたれながら、ホッとつぶやいた――

「おっ……たった二十行《にじゅうぎょう》か。ずいぶん簡単《かんたん》に済《す》ますんだね。僕《ぼく》の紹介《しょうかい》」

「特《とく》にこれといった特徴《とくちょう》もないのでね」

ていねいに分《わ》けられた黒髪《くろかみ》に、黒縁《くろぶち》のメガネ。一見《いっけん》、普通《ふつう》のかっこうだ。実《じつ》は彼《かれ》の服《ふく》の下《した》はゴリゴリのマッチョなのだが、学《がく》ランの上《うえ》からではそれも伝《つた》わらないだろう。

元《もと》ヤンであるという過去《かこ》を除《のぞ》けば、こいつには紹介《しょうかい》すべき点《てん》などない。

僕《ぼく》はなにも言《い》わず、窪谷須《くぼやす》を残《のこ》して教室《きょうしつ》から出《で》て行《い》った。

窪谷須《くぼやす》は僕《ぼく》が去《さ》ったあと、ひとりで「ふふふ」とほくそ笑《え》んでいた。

「なんとなくアイツにはバレてんじゃねえかと思《おも》ってたが……どうやらなにも知《し》らねえようだな」

知《し》ってて言《い》わないでやっているんだ。

元《もと》ヤンの血《ち》を騒《さわ》がせて問題《もんだい》なんて起《お》こすんじゃないぞ、窪谷須《くぼやす》。

ろう下《か》には早《はや》くも人《ひと》の波《なみ》ができていた。

問題《もんだい》が起《お》きたら文化祭《ぶんかさい》は終《お》わり。そう言《い》われても普通《ふつう》の人間《にんげん》は『自分《じぶん》に問題《もんだい》が起《お》きるわけがない』と思《おも》いこむ。

それが人《ひと》の常《つね》というもの。

ゆえにお気楽《きらく》。

今《いま》こうして歩《ある》いているだけで、問題《もんだい》の火種《ひだね》はそこかしこでくすぶりはじめているというのに……

なにしろ一番《いちばん》の問題《もんだい》はずっと僕《ぼく》を待《ま》ちぶせている……あの女子生徒《じょしせいと》。

僕《ぼく》が向《む》かう先《さき》――ろう下《か》の角《かど》から、照橋《てるはし》さんがこっちを見《み》ていた。

まだまだ距離《きょり》があるというのに、彼女《かのじょ》の強烈《きょうれつ》な心《こころ》の声《こえ》が聞《き》こえてくる。

(どういうつもりなの？　斉木《さいき》。私《わたし》が三日前《みっかまえ》にゲタ箱《ばこ》に忍《しの》ばせた手紙《てがみ》を読《よ》んでいないとでもいうの？　解散《かいさん》したら一緒《いっしょ》にお化《ば》けやしきでも行《い》く？　的《てき》な誘《さそ》い文句《もんく》を書《か》いてあげたのに返事《へんじ》の手紙《てがみ》すら書《か》いてよこさない。なぜ！　なぜなの!?)

手紙《てがみ》の宛名《あてな》が『斉木楠雄《さいきくすお》』じゃなくて『斉木《さいき》くにお』だったからじゃないかな。

（三千歩《さんぜんぽ》ゆずって私《わたし》から出《だ》したのよ、手紙《てがみ》をっ！　迷《まよ》ったあげくに♥マークまでつけて送《おく》ったのに！　ありえない……なにか理由《りゆう》が……ハッ！　まさか私《わたし》にきらわれないように文章《ぶんしょう》を考《かんが》えに考《かんが》え、手紙《てがみ》を書《か》いては捨《す》て書《か》いては捨《す》てしているうちに今日《きょう》にいたってしまった……ありえるっ！）

彼女《かのじょ》の想像《そうぞう》の中《なか》で、僕《ぼく》は書《か》き損《そん》じの手紙《てがみ》をポイポイ捨《す》てて、山《やま》のように積《つ》み上《あ》げていた。どこの文豪《ぶんごう》だ。

（またはそれ以前《いぜん》にド下手《へた》な字《じ》をなんとかしようとユーキャンの実用《じつよう》ボールペン字《じ》講座《こうざ》を受《う》けているっ!?　ありえるわねっ！）

彼女《かのじょ》の想像《そうぞう》の中《なか》で、僕《ぼく》は一心不乱《いっしんふらん》に、

『照橋《てるはし》、照橋《てるはし》、照橋《てるはし》、照橋《てるはし》、照橋《てるはし》、照橋《てるはし》、照橋《てるはし》、照橋《てるはし》、照橋《てるはし》、照橋《てるはし》、照橋《てるはし》、照橋《てるはし》』

『好《す》きです、好《す》きです、好《す》きです、好《す》きです、好《す》きです、好《す》きです、好《す》きです』

と書《か》きまくっていた。逆《ぎゃく》に怖《こわ》くないか、そんな奴《やつ》。

（いや、待《ま》って！　もしかして、じらしている？　この私《わたし》を!?　私《わたし》がこうして悩《なや》んでいる状況《じょうきょう》を楽《たの》しんでいるの!?　斉木《さいき》の分際《ぶんざい》でっ!?　……でも、ありえるうぅぅ）

などということを考《かんが》えている君《きみ》が好《す》きになれないんだ。

(しかし、落《お》ち着《つ》いて、私《わたし》っ！　私《わたし》、落《お》ち着《つ》いて！　もはや手紙《てがみ》なんてどうでもいい……文化祭《ぶんかさい》。それは恋《こい》の一大《いちだい》イベントっ！　今日《きょう》一日《にち》で斉木《さいき》から百《ひゃく》おっふをうばう……そう！百回《ひゃっかい》おふらせれば、斉木《さいき》はいよいよ私《わたし》のトリコっ！)

などということを考《かんが》えている君《きみ》が好《す》きになれないんだがな。

あきれているうちに、いつの間《ま》にか彼女《かのじょ》が待《ま》ちかまえる曲《ま》がり角《かど》を過《す》ぎてしまった。

にたにたと笑《え》みを浮《う》かべて、照橋《てるはし》さんが僕《ぼく》のあとを尾《つ》けてくる。

……面倒《めんどう》だな。

そこかしこで巻《ま》き起《お》こる問題《もんだい》を未然《みぜん》に防《ふせ》ぐためには、ときにテレポートも必要《ひつよう》。ずっと自分《じぶん》を見《み》ている存在《そんざい》はいささかジャマだ。

照橋《てるはし》さんの念《ねん》のようなものが、僕《ぼく》の背中《せなか》にビンビン届《とど》く。

(文化祭《ぶんかさい》というフィールドで、めくるめく偶然《ぐうぜん》の出会《であ》いを次々《つぎつぎ》とくり出《だ》してあげるわ)

偶然《ぐうぜん》をくり出《だ》すってどういうことだ。

(はあーっはっはっは。せっかくの文化祭《ぶんかさい》だけど、あなたにはもはや文化《ぶんか》を味《あじ》わっている

余裕《よゆう》なんてどこにもないのよ)

そもそも文化祭《ぶんかさい》に文化《ぶんか》なんてないが。

彼女《かのじょ》の中《なか》でひとつの踏《ふ》んぎりがついたらしく、僕《ぼく》を呼《よ》び止《と》めようと手《て》を伸《の》ばしてくる。

「さぁ〜い——」

き……と彼女《かのじょ》が言《い》いかけたところで。

ろう下《か》が揺《ゆ》れた。大勢《おおぜい》の足音《あしおと》が近《ちか》づいてくる。

来《き》たな。

ろう下《か》の向《む》こうから、ピンク色《いろ》のはっぴを着《き》た連中《れんちゅう》が奇声《きせい》をあげて押《お》し寄《よ》せてきた。

おのおのが巻《ま》いているハチマキには『I《アイ》♥《ラブ》照橋《てるはし》』『心美《ここみ》♥命《いのち》』『心美《ここみ》♥LOVE《ラブ》』などなど、かなり痛々《いたいた》しい文句《もんく》が書《か》かれている。

そして、はっぴには『ここみんズ』の文字《もじ》——

そう。彼《かれ》らは照橋《てるはし》さんのファンクラブ、ここみんズのメンバーだ。

メンバーにはうちの生徒《せいと》のみならず、先生《せんせい》や他校《たこう》の生徒《せいと》、果《は》ては大物政治家《おおものせいじか》までいるそうだが……

ともあれ、そんなここみんズが照橋《てるはし》さんの前《まえ》に立《た》ちはだかる。

僕《ぼく》は彼《かれ》らの間《あいだ》をぬって、そそくさと先《さき》に進《すす》んだ。

「照橋《てるはし》さんっ！　我々《われわれ》ここみんズは、照橋《てるはし》さんがミスコンテストに出場《しゅつじょう》しないことなどありえないと、声《こえ》を大《だい》にして言《い》いますっ！」

「えっ⁉」

「わかりますっ！　照橋《てるはし》さんが出場《しゅつじょう》してしまったら他《ほか》の女子《じょし》なんてブタ！　いや……フンコロガシ！　いや……フンコロガシが転《ころ》がしているうんこ！　それくらいにしか見《み》えないでしょう！　しかし、我々《われわれ》は照橋《てるはし》さん以外《いがい》にミスＰＫ《ピーケー》学園《がくえん》を名乗《なの》られることに、この上《うえ》ない屈辱《くつじょく》と憤《いきどお》りを感《かん》じるのです！」

ここみんズのメンバーが、全員《ぜんいん》うなずく。

「えええ。でも、私《わたし》なんかより、全然《ぜんぜん》かわいい子《こ》がいるし」

と言《い》いつつ、心《こころ》の中《なか》では──

（ま、いるわけないけど。私《わたし》が登場《とうじょう》した時点《じてん》で終《お》わっちゃうよ。コンテストが！）

などと考《かんが》えている。

そんな彼女《かのじょ》の思《おも》いを知《し》ってか知《し》らずか、

「「「お願《ねが》いしますっ！」」」

頭《あたま》を下《さ》げるここみんズ。

そしてすぐに、彼《かれ》らは互《たが》いに手《て》を取《と》り合《あ》い、ミスコンテストの会場《かいじょう》へと続《つづ》くアーチを作《つく》りはじめた。

総会長《そうかいちょう》と側近《そっきん》二名《めい》が、

「こっこーみっ！　こっこーみっ！　こっこーみっ！」

追《お》いこみ漁《りょう》でもするみたいに照橋《てるはし》さんをアーチに追《お》い立《た》てる。

さすがの照橋《てるはし》さんも、この空気《くうき》では断《ことわ》れないだろう。

今《いま》がチャンスだ。

さよなら、照橋《てるはし》さん。

おたおたする照橋《てるはし》さんを尻目《しりめ》に、僕《ぼく》はろう下《か》を歩《ある》き出《だ》した。

「斉木《さいき》……斉木《さいき》が……」

そんな照橋《てるはし》さんのつぶやきも、ろう下《か》を曲《ま》がれば聞《き》こえなくなる。

よし。これで問題《もんだい》が起《お》こりそうなところに心《こころ》おきなくテレポー……ト……

ふと。

階段《かいだん》の下《した》に貼《は》られたポスターが目《め》に入《はい》った。

『豪華《ごうか》ゲスト！　話題《わだい》のイリュージョニスト！　蝶野雨緑《ちょうのうりょく》・イリュージョンショー！』

——と書《か》かれた安《やす》っぽいポスターだ。

真《ま》ん中《なか》には、無数《むすう》のハトを飛《と》ばしているイリュージョニストの写真《しゃしん》も。

なんだこのうさんくさい空気《くうき》は。事故《じこ》の香《かお》りしかしない。

☆

「アメージーング！」

イリュージョンショーとやらの様子《ようす》を見《み》に行《い》くと、今《いま》まさに、蝶野雨緑《ちょうのうりょく》が舞台《ぶたい》に登壇《とうだん》したところだった。

校庭《こうてい》の片隅《かたすみ》に設《もう》けられた舞台《ぶたい》はさほど大《おお》きくなく、横幅《よこはば》だけ見《み》れば出《だ》し物《もの》の屋台《やたい》とそれほど違《ちが》わない……というより、細《ほそ》いスチール製《せい》の骨組《ほねぐ》みが四方《しほう》を囲《かこ》んでいるため、本当《ほんとう》に古《ふる》い屋台《やたい》を再利用《さいりよう》しているのかもしれない。

色取《いろと》り取《ど》りの風船《ふうせん》を骨組《ほねぐ》みに結《むす》び、華《はな》やかさを演出《えんしゅつ》しているものの、スチールにはサビが浮《う》き、黒《くろ》い画用紙《がようし》を切《き》り貼《ば》りして作《つく》られた『イ』『リュ』『ー』『ジョ』『ン』『ショ』『ー』の看板《かんばん》のせいで、チープな感《かん》じは否《いな》めない。小学生《しょうがくせい》の誕生日会《たんじょうびかい》といい勝負《しょうぶ》だ。

もっとも、観客《かんきゃく》はそれなりにいるようで、五十人《ごじゅうにん》ほどが舞台《ぶたい》の前《まえ》に集《あつ》まっている。

僕《ぼく》は彼《かれ》らの数歩《すうほ》うしろに立《た》ち、ショーを傍観《ぼうかん》することにした。

「どうもーっ！　ごきげんよう！」

観客《かんきゃく》を前《まえ》に、あいさつする蝶野《ちょうの》。

その隣《となり》にはバニーガールのコスプレをした助手《じょしゅ》が、なにやら苦《にが》い顔《かお》で控《ひか》えているのだが、

彼女《かのじょ》は……ちょっと……いや、かなり……お年《とし》を召《め》していらっしゃるんじゃないか？　ヒザのシワとかすごいぞ？　バニーの耳《みみ》がしおれてるぞ？

まず間違《まちが》いなく、ガールと呼《よ》べる年齢《ねんれい》ではない。

まさか……母親《ははおや》？

おそるおそる助手《じょしゅ》の心《こころ》を読《よ》んでみると、母親《ははおや》と判明《はんめい》した。

なぜ母親《ははおや》をアシスタントに……

やはり事故《じこ》の香《かお》りしかしない。

「PK《ピーケー》学園《がくえん》の皆《みな》さん！　記念《きねん》すべき文化祭《ぶんかさい》にご招待頂《しょうたいいただ》き、ありがとうございますッ！　今《こん》回《かい》、私《わたし》が披露《ひろう》する、イリュージョンは、奇跡《きせき》の大脱出《だいだっしゅつ》！　です。まずぅ、手《て》、足《あし》をしばります。そしてぇ、この箱《はこ》に入《はい》ります！」

しゃべり方《かた》からしてダメ感《かん》がハンパないな、こいつ。

蝶野《ちょうの》が言《い》った『箱《はこ》』とは、舞台《ぶたい》の真《ま》ん中《なか》に置《お》かれた棺《かん》おけみたいなヤツのことだ。

蝶《ちょう》をかたどった柄《がら》だ。大型《おおがた》の冷蔵庫《れいぞうこ》ほどもあり、舞台《ぶたい》のサイズに対《たい》してかなり大《おお》きい。

「そして、箱《はこ》を、閉《し》めますっ！　そのあと、クサリで、グルグルですっ！　もう、すごく、グルグルです。しかし私《わたし》は、この箱《はこ》から、脱出《だっしゅつ》します！　三分《さんぷん》で脱出《だっしゅつ》します。そのあと……」

蝶野《ちょうの》が助手《じょしゅ》のバニーガール――もとい、マザーバニーを手《て》で示《しめ》す。

「助手《じょしゅ》のジェシーが、この箱《はこ》に刀《かたな》を、ブサブサ、ガスガス、ぶっ刺《さ》しますっ！」

確実《かくじつ》に死《し》ぬな。

他《ほか》の場所《ばしょ》も見《み》て回《まわ》らなければならないが……かといって今《いま》から行《おこな》われるリアル黒《くろ》ひげ危《き》機一発《いっぱつ》から目《め》を離《はな》すわけにもいかない。

悩《なや》んだ末《すえ》に、僕《ぼく》は千里眼《せんりがん》を使《つか》うことにした。

千里眼《せんりがん》とは、遠《とお》くはなれた場所《ばしょ》を見《み》ることができる能力《のうりょく》のことだ。ただし、この能力《のうりょく》には欠点《けってん》がある。使用中《しようちゅう》、本来《ほんらい》の視界《しかい》でモノを見《み》ることができなくなるのだ。

……寄《よ》り目《め》になるせいで。

傍《はた》から見《み》れば『ひとりで顔芸《かおげい》をやっている変《へん》な奴《やつ》がいる』と人目《ひとめ》を引《ひ》くこと間違《まちが》いなしだが、幸《さいわ》いここは観客《かんきゃく》にとってショーの舞台《ぶたい》とは真逆《まぎゃく》の位置《いち》。誰《だれ》も僕《ぼく》のことなんて見《み》ちゃいない。

とはいえ、いつショーに飽《あ》きた奴《やつ》がふり向《む》くかわからない。僕《ぼく》は手早《てばや》く済《す》まそうと、すぐに千里眼《せんりがん》で他《ほか》の場所《ばしょ》を遠視《えんし》してみた——

「エントリーNo.《ナンバー》二番《ばん》。一年《ねん》巛《3》組《くみ》、星野《ほしの》りかです」

照橋《てるはし》さんにかわいいとおだてられていた女子生徒《じょしせいと》の声《こえ》。ということは……

そこはミスコンテストの会場《かいじょう》だった。

ミスコンテストは蝶野《ちょうの》のショーとは比《くら》べ物《もの》にならない規模《きぼ》で、同《おな》じ野外《やがい》ながらも、舞台《ぶたい》のサイズは体育館《たいいくかん》の舞台《ぶたい》に引《ひ》けを取《と》らない。

舞《ぶ》台《たい》にいる参加者《さんかしゃ》らの背後《はいご》には、薔薇《ばら》と虹《にじ》が描《えが》かれたピンク色《いろ》の看板《かんばん》がそびえている。虹《にじ》にかぶさるように『ミスPK《ピーケー》コンテスト』の文字《もじ》も。

蝶野《ちょうの》のショーが校庭《こうてい》の片隅《かたすみ》であったのに対《たい》し、ミスコンの会場《かいじょう》は出店《でみせ》エリアのすぐ隣《となり》だった。そのおかげで、観客《かんきゃく》も二百人《にひゃくにん》近《ちか》く集《あつ》まっている。

……ん？　観客《かんきゃく》の中《なか》に知《し》った顔《かお》があるな……燃堂《ねんどう》、海藤《かいとう》、窪谷須《くぼやす》の三人《にん》だ。あいつら、一緒《いっしょ》に文化祭《ぶんかさい》を回《まわ》ってるのか？

しかし、クラスメートがPR《ピーアール》しているというのに、三人《にん》はえらく白《しら》けている。というより、観客全員《かんきゃくぜんいん》の反応《はんのう》がそもそも薄《うす》い。

「ミスコンってもなあ。そんなもん照橋《てるはし》さんに決《き》まってるよなあ」

燃堂《ねんどう》がぼけーっとした声《こえ》でぼやく。

「君《きみ》も出《で》ればいいのに。いかすよ」

窪谷須《くぼやす》が隣《となり》にいる女子生徒《じょしせいと》に話《はな》しかけるが、

「あぁン？　あたい、ここの生徒《せいと》じゃねえけど」

女子生徒《じょしせいと》はパンチの利《き》いた髪形《かみがた》をした、コテコテの女番長《レディース》だった。

彼女《かのじょ》からすごまれ、メンチをきられても、窪谷須《くぼやす》はニコニコしていた。『そこがたまらん』とばかりに。

「いかん……」

危機感《ききかん》をこめて、海藤《かいとう》がつぶやく。

「ダークリユニオンが文化祭破壊《ぶんかさいはかい》と、それを発端《ほったん》とした地球壊滅《ちきゅうかいめつ》を狙《ねら》っているというのに……のんきにミスコンなどと……」

文化祭破壊《ぶんかさいはかい》からどう飛躍《ひやく》すれば地球壊滅《ちきゅうかいめつ》につながるのかわからないが、ダークリユニオンならやりかねないということだろう。

「——よろしくお願《ねが》いします」

と、最後《さいご》の候補者《こうほしゃ》の自己《じこ》ＰＲ《ピーアール》が終《お》わる。

そこでようやく、小《ちい》さな歓声《かんせい》と拍手《はくしゅ》が起《お》こった。

「さあ！」

舞台《ぶたい》に向《む》かって左側《ひだりがわ》にある白《しろ》いテント――審査委員席《しんさいいんせき》も兼《か》ねる放送席《ほうそうせき》で、司会《しかい》の教師《きょうし》がアナウンスを告《つ》げる。

放送席《ほうそうせき》は会議用《かいぎよう》の机《つくえ》を並《なら》べただけの簡素《かんそ》な作《つく》りで、テントを支《ささ》えるポールにはハートの形《かたち》をしたバルーンが結《むす》ばれ、机《つくえ》にはいくつものハートのシールと、ミスコンテストの案内《あんない》ポスターが貼《は》られていた。それによると、ミスPK《ピーケー》の賞品《しょうひん》はクーポン券一万円分《けんいちまんえんぶん》。準《じゅん》ミスPK《ピーケー》の賞品《しょうひん》はシャーペンの芯《しん》一年分《ねんぶん》……準《じゅん》になったとたんにショボくなったな。芯《しん》って。

「出場者全員《しゅつじょうしゃぜんいん》の自己《じこ》PR《ピーアール》が終《お》わり……続《つづ》いては、水着審査《みずぎしんさ》です。いかがでしょう？　審査《しんさ》委員《いいん》の校長先生《こうちょうせんせい》」

司会《しかい》の教師《きょうし》が、すぐ隣《となり》に座《すわ》る校長《こうちょう》に話《はなし》をふる。

「いやあ、実《じつ》に……愛《いと》おしいですね」

校長《こうちょう》として一発《いっぱつ》アウトの発言《はつげん》だ。

しかし、司会《しかい》の教師《きょうし》は特《とく》になにも言《い》うことなく、ほほえましく校長《こうちょう》を見《み》つめていた。

「お？　全員《ぜんいん》？　照橋《てるはし》さんは？」

燃堂《ねんどう》が首《くび》をかしげる。

たしかに、ここみんズによって連《つ》れて行《い》かれたはずの照橋《てるはし》さんの姿《すがた》が、舞台《ぶたい》のどこにもない。

「さらに――」

燃堂《ねんどう》の疑問《ぎもん》に答《こた》えるように、司会《しかい》の教師《きょうし》が進行《しんこう》を続《つづ》ける。

「殿堂入《でんどうい》りミスＰＫ《ピーケー》審査委員長《しんさいいんちょう》の照橋《てるはし》さん、いかがですか？」

照橋《てるはし》さんの姿《すがた》は舞台《ぶたい》ではなく、審査委員席《しんさいいんせき》にあった。頭《あたま》には豪華《ごうか》な冠《かんむり》がのっかり、『ミスＰＫ《ピーケー》審査委員長《しんさいいんちょう》』と書《か》かれたたすきまで着《つ》けている。

まさかの審査《しんさ》する側《がわ》だった。

「皆《みな》さん、とてもキレイでかわいくて、甲乙《こうおつ》つけがたいですね」

照橋《てるはし》さんの声《こえ》を聞《き》いて、燃堂《ねんどう》、海藤《かいとう》、窪谷須《くぼやす》の三人《にん》が『おっふ』ととび上《あ》がる。

女番長《レディース》が面白《おもしろ》くなさそうに三人《にん》をにらんでいた。

照橋《てるはし》さんの待遇《たいぐう》はどうかと思《おも》うが……ここで問題《もんだい》は起《お》きなそうだな。

再《ふたた》び蝶野《ちょうの》のショーに視界《しかい》を戻《もど》そうとしたところ——審査委員席《しんさいいんせき》で動《うご》きがあった。校長《こうちょう》がマイクを手《て》に取《と》り、なにか言《い》いたそうにしている。

「聞《き》いてくれる？　この音《おと》……」

ププププ……と何《なに》かのローター音《おん》らしきものを、校長《こうちょう》がマイクに向《む》けて披露《ひろう》した。

「ヘリコプター」

正直《しょうじき》、クオリティーが高《たか》いとは言《い》いがたい。そして、クオリティーが高《たか》くてもやる意味《いみ》がわからない。

止《と》めてやればいいのに、司会《しかい》の教師《きょうし》はなにも言《い》わず、にっこりと校長《こうちょう》にうなずき返《かえ》していた。

……この教師《きょうし》は校長《こうちょう》に弱《よわ》みでも握《にぎ》られているんだろうか。

「それでは、手足《てあし》をしばりましょう」

イリュージョンショーに視界《しかい》を戻《もど》すと、舞台《ぶたい》では蝶野《ちょうの》が助手《じょしゅ》のジェシーに両手《りょうて》を差《さ》し出《だ》していた。

ジェシーのしばり方《かた》に容赦《ようしゃ》はなく、足《あし》には幾重《いくえ》にもロープを、手《て》にはクサリを巻《ま》き付《つ》けたうえ、手錠《てじょう》までかけていた。

なにか息子《むすこ》に恨《うら》みでもあるのか。

無理矢理《むりやり》バニーガールのコスプレをさせられた恨《うら》みとか。

これで蝶野《ちょうの》が死《し》んだら、間違《まちが》いなく来年《らいねん》から文化祭《ぶんかさい》はナシだな。

「はい。手足《てあし》をしばりました。そして、箱《はこ》に、入《はい》ります」

ジェシーが箱《はこ》の扉《とびら》を開《あ》ける。中《なか》にはタネも仕《し》かけも見当《みあ》たらない。タネも仕《し》かけもなくてがっかりしたマジックはこれがはじめてだ。

本当《ほんとう》に脱出《だっしゅつ》できるんだろうな……？

「入《はい》ります」

ウサギみたいにぴょんぴょんはねて、蝶野《ちょうの》が箱《はこ》の中《なか》に入《はい》る。すると間髪《かんはつ》を容《い》れずに、ジェシーが扉《とびら》に手《て》をかけた。

「――――!?　あ、ちょま――」

なにやらあわてる蝶野《ちょうの》だが、ジェシーは気付《きづ》かなかったようだった。

パタン、と扉《とびら》が閉《し》まる。

大丈夫《だいじょうぶ》か。閉《し》まる直前《ちょくぜん》に『あ、ちょま』って言《い》ったぞ。

ドンドンドンドンドンドンドンッ！

箱《はこ》の中《なか》からそんな音《おと》。

蝶野《ちょうの》がものすごい勢《いきお》いで扉《とびら》を叩《たた》いている。

しかし、ジェシーには聞《き》こえていないのか、それとも中《なか》にいるアピールだと思《おも》っているのか、淡々《たんたん》と箱《はこ》にクサリを巻《ま》いている。

なにか恨《うら》みでも——いや。これはただのトラブルだな。

クサリは徹底的《てっていてき》に巻《ま》かれ、蝶野《ちょうの》の要望通《ようぼうどお》りグルグルになっていた。

もう、すごく、グルグルだ。

そんな箱《はこ》の前《まえ》で、ジェシーが秒読《びょうよ》みのカウントを開始《かいし》する。

「脱出《だっしゅつ》……三分前《さんぷんまえ》……」

相変《あいか》わらず中《なか》からドンドン叩《たた》く音《おと》が聞《き》こえているのだが、ジェシーにはなにも聞《き》こえていないらしい。三分後《さんぷんご》には息子《むすこ》が入《はい》った箱《はこ》を刀《かたな》で滅多刺《めったざ》しにするというのに、気後《きおく》れしている様子《ようす》もない。

「脱出《だっしゅつ》……二分前《にふんまえ》……」

ふと。

横《よこ》を見《み》ると、担任《たんにん》の松崎《まつざき》が様子《ようす》を見《み》にきていた。

ま、たしかに問題《もんだい》がないかチェックしにくるよな。この状況《じょうきょう》がすでに問題《もんだい》な気《き》もするが。

「脱出《だっしゅつ》……一分前《いっぷんまえ》!」

ドンドンドンドンドン……

ジェシーは時計《とけい》をしておらず、カンで秒数《びょうすう》を計《はか》っているようだった。

「脱出《だっしゅつ》!　三十秒前《さんじゅうびょうまえ》ェ!」

ドンドンドンドンドンドン……

観客《かんきゃく》の中《なか》からも『ヤバイ、ヤバイ……』と声《こえ》があがりはじめる。

「脱出《だっしゅつ》……二十秒前《にじゅうびょうまえ》……」

ドンドンドンドンドンドンドンドンドン……

これは確実《かくじつ》に死《し》ぬな。

「脱出《だっしゅつ》……十秒前《じゅうびょうまえ》ェ」

ドンドンドンドンドンドンドンドンドンドン……

まだ叩《たた》いている。まずい。確実《かくじつ》に死人《しにん》が出《で》る。

透視《とうし》をするまでもない。取《と》り乱《みだ》している蝶野《ちょうの》の姿《すがた》が、まざまざと頭《あたま》に浮《う》かぶ。

やむを得《え》ず、僕《ぼく》は蝶野《ちょうの》を助《たす》けるために箱《はこ》の中《なか》へ瞬間移動《しゅんかんいどう》した。

箱《はこ》の中《なか》は薄暗《うすぐら》かった。ぼんやりと、刀《かたな》を刺《さ》す穴《あな》から明《あ》かりが入《はい》ってきている。

「今《いま》すぐ出《だ》してやる――」

声《こえ》をかけてふり向《む》くが……誰《だれ》もいない。

足下《あしもと》を見《み》ると、一台《だい》のラジカセが置《お》かれていた。

「おっと……」

そこから『ドンドンドンドンドン！』と扉《とびら》を叩《たた》く音《おと》が流《なが》れている。

「人《ひと》は見《み》かけによらないようだな」

僕《ぼく》の予想《よそう》を裏切《うらぎ》るとは。思《おも》わず感心《かんしん》してしまった。

蝶野《ちょうの》が脱出《だっしゅつ》に成功《せいこう》しているのなら、僕《ぼく》が箱《はこ》の中《なか》にいる理由《りゆう》もないのだが……

しかし、瞬間移動《しゅんかんいどう》を連続《れんぞく》で使《つか》うことはできない。一度《ど》使《つか》ったら十分《じゅっぷん》は使《つか》えない高等《こうとう》テクニックなのだ。

「それでは……刀《かたな》を刺《さ》してまいります」

箱《はこ》の外《そと》からジェシーの声《こえ》が聞《き》こえた。

そして――言《い》うが早《はや》いか、ジェシーは一瞬《いっしゅん》もためらわず、箱《はこ》に刀《かたな》を突《つ》き刺《さ》してきた。

僕《ぼく》の鼻先《はなさき》を、すさまじい勢《いきお》いで刀《かたな》が通過《つうか》する。

殺意《さつい》のようなモノを感《かん》じないでもなかったが……まあ、息子《むすこ》の腕《うで》を信頼《しんらい》しているあかしだと思《おも》っておこう。

ただ刀《かたな》が刺《さ》さるのを待《ま》つだけでは時間《じかん》が勿体《もったい》ない。有意義《ゆういぎ》に刺《さ》されるべく、僕《ぼく》は再《ふたた》び千里眼《せんりがん》を使用《しよう》した。視界《しかい》が利《き》かなくても、刀《かたな》なんて気配《けはい》だけでよけられるからな。

今度《こんど》は校舎裏《こうしゃうら》か。ミスコンとは打《う》って変《か》わって人気《ひとけ》がない。

こんなところに誰《だれ》もいるわけ……いや。いた。海藤《かいとう》だ。

腕《うで》を組《く》んでのんびりと歩《ある》いている。なにをしてるんだ？

「フフフ。照橋《てるはし》さんが出《で》ない水着審査《みずぎしんさ》に興味《きょうみ》などあるものか」

そういうことか。正直《しょうじき》な独《ひと》り言《ごと》をありがとう。

「なぜなら俺《おれ》の名《な》は漆黒《しっこく》の翼《つばさ》っ！」

女子生徒《じょしせいと》を見《み》る目《め》がきびしいんだな、漆黒《しっこく》の翼《つばさ》は。

「ダークリユニオンとの戦《たたか》いが待《ま》っている……フッフッフ」

ならばもっと戦《たたか》いの起《お》こりそうな場所《ばしょ》に向《む》かうべきだろう。屋上《おくじょう》とかいいと思《おも》う――

ん？　なんだ？

もうひとり……いる？

いつの間《ま》に近寄《ちかよ》ったのか。何者《なにもの》かが、うしろから海藤《かいとう》の肩《かた》をつかんだ。

「漆黒《しっこく》の翼《つばさ》だな」

やや高《たか》いトーンの声《こえ》が、海藤《かいとう》の異名《いみょう》を呼《よ》ぶ。

「お、お前《まえ》は……」

うしろは見《み》ずに、海藤《かいとう》はキッと前《まえ》をにらんでいた。

彼《かれ》の肩《かた》をつかんだのは、黒装束《くろしょうぞく》に身《み》を包《つつ》んだ男《おとこ》だった。

頭《あたま》にはフード、口《くち》にはスカーフと、かなり怪《あや》しいかっこうをしている。

街《まち》を歩《ある》いたなら一区画《ひとくかく》歩《ある》くごとに職務質問《しょくむしつもん》されそうだ。

というより、このかっこう……海藤《かいとう》から預《あず》かった手紙《てがみ》をサイコメトリーしたときに視《み》た奴《やつ》と同《おな》じかっこうだ。

まさか……

「知《し》っているはずだが……我々《われわれ》は――」

海藤《かいとう》の肩《かた》をつかむ手《て》に力《ちから》がこもる。

「ダークリユニオン」

その名前《なまえ》を聞《き》いて、海藤《かいとう》が――いや、漆黒《しっこく》の翼《つばさ》がハッとする。

「お前《まえ》がっ！」

ついに出会《であ》った宿敵《しゅくてき》に、漆黒《しっこく》の翼《つばさ》がほえる。

あくまでうしろは見《み》ずに、前《まえ》を向《む》いたまま。

……まさか本当《ほんとう》にダークリユニオンが出《で》てくるとは。

どういうことか気《き》になるが……今《いま》は余所見《よそみ》をしている場合《ばあい》じゃなさそうだ。

視界《しかい》は再《ふたた》び蝶野《ちょうの》のイリュージョンショーへ。僕《ぼく》はまだ舞台《ぶたい》の上《うえ》で、箱《はこ》の中《なか》にいた。

もちろん、そんなことにはおかまいなく、ジェシーが刀《かたな》を突《つ》き刺《さ》してくる。

ガゴンッ！

どうやら今《いま》の刀《かたな》が最後《さいご》だったらしく、ジェシーが箱《はこ》の前《まえ》に出《で》て、観客《かんきゃく》にアピールするように両手《りょうて》を広《ひろ》げた。

箱《はこ》にはブサブサ、ガスガスと刀《かたな》が刺《さ》さりまくっている。その数《かず》、十三本《じゅうさんぼん》。

おかげで、箱《はこ》は黒《くろ》いサボテンみたいになっていた。

「おーい！」

観客《かんきゃく》の男子生徒《だんしせいと》が手《て》を挙《あ》げる。

「大丈夫《だいじょうぶ》なの？」

大丈夫《だいじょうぶ》なわけがないだろう。十三本《じゅうさんぼん》だぞ。見《み》ずによけられるといっても、限度《げんど》があるだろう。並《なみ》の人間《にんげん》なら体中《からだじゅう》に穴《あな》が空《あ》いて、ずいぶんと風通《かぜとお》しがよくなっているところだ。

まあ、僕《ぼく》は並《なみ》ではないからな。

ありとあらゆる関節《かんせつ》を外《はず》して、どうにか事《こと》なきを得《え》ている。

左手《ひだりて》をこう、上手《うま》く曲《ま》げて、右足《みぎあし》は足首《あしくび》の向《む》きをぐにょりと……ともかく、かなり恥《は》ずかしいかっこうであることは間違《まちが》いない。あまり人《ひと》に見《み》られたくはないな。

さて……誰《だれ》も箱《はこ》を開《あ》けなければいいが……

「続《つづ》いて！　クレーンで三十《さんじゅう》メートル持《も》ち上《あ》げて……落《お》とします」

なんだ。まだ続《つづ》きがあったのか。

しかし……さっきまで苦《にが》みばしった顔《かお》をしていたのに、助手《じょしゅ》のジェシーの顔《かお》がどんどん生《い》き生《い》きしていくな。箱《はこ》から透視《とうし》して見《み》ていたが、『落《お》とします』のあたりなんて満面《まんめん》の笑《え》みじゃないか。

刀《かたな》が抜《ぬ》かれると、箱《はこ》はすぐさま舞台《ぶたい》をはなれ、観客《かんきゃく》たちのうしろに広《ひろ》がる校庭《こうてい》へと運《はこ》ばれた。すでにクレーン車《しゃ》も待機《たいき》している。どっから持《も》ってきたんだ、こんなの。

箱《はこ》にフックがかかると同時《どうじ》に、重低音《じゅうていおん》を立《た》ててクレーンが動《うご》き出《だ》した。

じわじわと箱《はこ》が持《も》ち上《あ》がっていく。

刀《かたな》が抜《ぬ》かれたおかげで姿勢《しせい》は楽《らく》になったが、箱《はこ》のクサリは巻《ま》かれたままだ。
すぐにでも瞬間移動《しゅんかんいどう》したいところだが……あと五分《ふん》は移動《いどう》できない。
箱《はこ》を壊《こわ》して飛《と》び出《だ》すこともできるが、しかし……
地上《ちじょう》では、腕《うで》を組《く》んだ松崎《まつざき》が箱《はこ》を見上《みあ》げていた。他《ほか》の観客《かんきゃく》の目《め》もある。
ムチャな脱出《だっしゅつ》はできないな。このまま箱《はこ》と一緒《いっしょ》に落下《らっか》するしかない。
——と。クレーンが止《と》まった。
どうやら目標《もくひょう》の三十《さんじゅう》メートルまで上《あ》がったようだが——
「落下《らっか》っ！」
間髪《かんはつ》を容《い》れず、ジェシーが合図《あいず》を叫《さけ》ぶ。
まったく……上空《じょうくう》を味《あじ》わうヒマもない。
バチーンッ！　とフックの金具《かなぐ》が外《はず》れ——箱《はこ》は勢《いきお》いよく校庭《こうてい》へと落《お》ちていった。
「うわぁあっ！」
観客《かんきゃく》の悲鳴《ひめい》が重《かさ》なる。
さて。この状況《じょうきょう》で、無傷《むきず》でいられる方法《ほうほう》を教《おし》えておこう。

箱《はこ》が地面《じめん》に激突《げきとつ》する寸前《すんぜん》——

ぴょんっ。

ジャンプするだけでいい。

落下《らっか》の衝撃《しょうげき》ですさまじい音《おと》が響《ひび》く。箱《はこ》の下側《したがわ》はぐしゃりとつぶれ、見《み》るも無惨《むざん》な姿《すがた》になっていたが、僕《ぼく》には傷《きず》ひとつついていない。

辺《あた》りに土ケムリが舞《ま》うなか、箱《はこ》を見《み》つめるジェシーがくちびるをふるわせ、恐《おそ》ろしい笑《え》みを浮《う》かべる。そんなに殺気《さっき》をもらして大丈夫《だいじょうぶ》か。僕《ぼく》は大丈夫《だいじょうぶ》だが、あんたは大丈夫《だいじょうぶ》か。

松崎《まつざき》が心配《しんぱい》そうな顔《かお》で箱《はこ》を見《み》つめている。そう。普通《ふつう》はその表情《ひょうじょう》が正《ただ》しい。

「ちょっと！　ほんとに脱出《だっしゅつ》できてるの⁉」

女子生徒《じょしせいと》の声《こえ》。蝶野《ちょうの》ならちゃんと脱出《だっしゅつ》してるから安心《あんしん》しろ。僕《ぼく》もあと三分《さんぷん》ほどで脱出《だっしゅつ》できる。心配無用《しんぱいむよう》だ。

「続《つづ》きまして……」

ジェシーが赤《あか》いポリタンクをかかげた。

「ひ……ひ、ひひ……火《ひ》ィをつけますっ！」

まだやるのか。というか、ジェシーの助手《じょしゅ》っぷりが見事《みごと》だな。

ばしゃばしゃと、ジェシーが箱《はこ》に灯油《とうゆ》をかけはじめる。

箱《はこ》の中《なか》だと臭《にお》いがキツい。早《はや》くしてくれ。

灯油《とうゆ》で導線《どうせん》を引《ひ》いたジェシーは、観客《かんきゃく》に向《む》けて小道具《こどうぐ》をかかげてみせた。

あれは――

「着火《ちゃっか》ライター……ッ！」

「「うおおおおおっ！」」

なぜライターでそこまでもり上《あ》がる。

ジェシーが灯油《とうゆ》の導線《どうせん》に火《ひ》を付《つ》ける。

火《ひ》は灯油《とうゆ》をたどって箱《はこ》まで伝《つた》わり――

ボウゥッ！

またたく間《ま》に燃《も》え上《あ》がった。

「「おおおおお！」」

炎上《えんじょう》する箱《はこ》を見《み》て、歓声《かんせい》をあげる観客《かんきゃく》たち。

「うおおおおおあああぁぁあっ！　うおおおおおお！」

それよりも大《おお》きな声《こえ》でおたけびをあげるジェシー。

炎《ほのお》には人《ひと》の理性《りせい》を飛《と》ばす力《ちから》でもあるのか？　松崎《まつざき》まで手《て》を叩《たた》いてはしゃいでいる。

観客《かんきゃく》の熱気《ねっき》と炎《ほのお》のせいで、空気《くうき》までもが熱《あつ》くなりはじめたころ。

箱《はこ》の中《なか》は――

キンッキンに冷《ひ》えていた。

あらゆるところから氷柱《つらら》が突《つ》き出《だ》し、霜《しも》がおりている。

少《すこ》し冷《ひ》やしすぎたか？　考《かんが》えてみれば、この能力《のうりょく》はディズニーの例《れい》の映画《えいが》の女王《じょおう》と同《おな》じ能力《のうりょく》だな。つまらぬことに使《つか》ってしまった。

さて。脱出《だっしゅつ》まであと一分《いっぷん》といったところだが……

「続《つづ》いてはぁぁぁ！」

横倒《よこだお》しになり、もくもくと煙《けむり》をあげる箱《はこ》の横《よこ》で、まだまだジェシーが叫《さけ》ぶ。

「ロードローラーで踏《ふ》みつぶしてやるぞぉぉおおおおっ！　見《み》てろよお前《まえ》らぁぁあああ！　ウオオオォォオオオォォオオオオォォオオッ！」

「「「オオォオォオォオオォオォオオォオオ！」」」

なんだ、このもり上《あ》がり。

やれやれ。今度《こんど》はロードローラー待《ま》ちか。また他《ほか》の場所《ばしょ》を千里眼《せんりがん》で視《み》て――

……いや。その前《まえ》に、確認《かくにん》しておくべき人物《じんぶつ》がいたな。

蝶野《ちょうの》だ。あいつは今《いま》、どこでなにをしているんだ？　箱《はこ》から脱出《だっしゅつ》したあと、行方知《ゆくえし》れず……もしも誰《だれ》かに見《み》つかってショーが台無《だいな》しにでもなったら、僕《ぼく》の努力《どりょく》が水《みず》の泡《あわ》だ。

念《ねん》のため、少《すこ》し視《み》ておくか。

蝶野《ちょうの》は今《いま》――

……うん。

イスに座《すわ》って茶《ちゃ》をすすっているな。ズビズビと。こげ臭《くさ》い箱《はこ》の中《なか》で人《ひと》が苦労《くろう》しているというのに。

ここは……出演者用《しゅつえんしゃよう》のテントか。

「お母《かあ》さん、やるなぁ～」

しみじみと蝶野《ちょうの》がつぶやく。たしかに、ショーの切《き》りもりをしているのはほぼ母親《ははおや》。こいつは早々《そうそう》に脱出《だっしゅつ》したあと、のんびり茶《ちゃ》を飲《の》んでいるだけだ。

「オラァア────イッ！」

おっと。その母親《ははおや》の声《こえ》だ。千里眼《せんりがん》を解《と》かなくては……

「「「オラーイ！　オラーイ！　オラーイ！」」」

視界《しかい》を戻《もど》してみれば、箱《はこ》の外《そと》では母親《ははおや》──ジェシーだけでなく、観客《かんきゃく》までもがそろって手招《てまね》きをしていた。招《まね》かれてやってくるのは、もちろん……ロードローラー。

だから、どうやって用意《ようい》したんだ。

こんなので押《お》しつぶされたら、いくら僕《ぼく》でもひとたまりもない。箱《はこ》になにか恨《うら》みでもあるのか？　オーバーキルもいいところだ。

どうしたものか僕《ぼく》は考《かんが》えていた。箱《はこ》の中《なか》で寝《ね》っ転《ころ》がり、くつろぎながら。

じき十分《じゅっぷん》たつ。そろそろ瞬間《しゅんかん》移動《いどう》できるはずだが……

「「「オラーイ！　オラーイ！　オラーイ！」」」

メギギギギィ……

ロードローラーが力強《ちからづよ》く箱《はこ》を押《お》しつぶしていく。

あっという間《ま》に、箱《はこ》はただの板《いた》になった。

ジェシーが指《ゆび》をカギづめのように曲《ま》げて、大口《おおぐち》を開《ひら》き、目《め》をらんらんと輝《かがや》かせ、呪《のろ》いをかける魔女《まじょ》みたいに叫《さけ》ぶ。

「さああああ……蝶野雨緑《ちょうのうりょく》はぁぁ……どこだああああっ！」

「ここさっ！」

蝶野《ちょうの》の声《こえ》。観客《かんきゃく》たちのうしろからだ。

みんなが同時《どうじ》にふり向《む》くと――

「アメージィーング！」

いつの間《ま》に移動《いどう》したのやら。舞台《ぶたい》の上《うえ》に、蝶野《ちょうの》の姿《すがた》があった。

「「おおおおおおおおおおおお」」

鳴《な》り止《や》まぬ喝采《かっさい》、割《わ》れんばかりの歓声《かんせい》。

観客《かんきゃく》たちは蝶野《ちょうの》のイリュージョンに、盛大《せいだい》な拍手《はくしゅ》を贈《おく》った。

蝶野《ちょうの》は満足《まんぞく》そうに目《め》を細《ほそ》め、

「さあ、みんな！　今日《きょう》はこれで終《お》わりじゃないよ！　今《いま》から学校中《がっこうじゅう》を、イリュージョンツアーだっ！」

観客《かんきゃく》たちに告《つ》げた。

待《ま》ってましたとばかりに、さらに大《おお》きな歓声《かんせい》があがる。

舞台《ぶたい》から下《お》りた蝶野《ちょうの》が軽《かる》い足取《あしど》りで校舎《こうしゃ》に向《む》かうと、そのうしろを、観客《かんきゃく》たちもはしゃぎながら付《つ》いていく。

ずっと様子《ようす》を見《み》ていた松崎《まつざき》も納得《なっとく》した顔《かお》でうなずき、どこかへと去《さ》って行《い》った。

あとに残《のこ》ったのは……校庭《こうてい》のすみに立《た》つ僕《ぼく》だけだ。

人差《ひとさ》し指《ゆび》でメガネを押《お》し上《あ》げ、息《いき》をつく。

「ふう。どうにかなったな」

ようやく身動《みうご》きがとれるようになったわけだが、最初《さいしょ》からこれとは。先《さき》が思《おも》いやられる。

松崎《まつざき》も見回《みまわ》っているようだが、先生《あいつ》ひとりでは手《て》に余《あま》るだろう。

僕《ぼく》は引《ひ》き続《つづ》き問題《もんだい》を防《ふせ》ぐべく、千里眼《せんりがん》を使用《しよう》した。

ミスコンテストの会場《かいじょう》に視界《しかい》を転《てん》じると、あからさまにむっつりとした、いやらしそうなスケベ面《づら》の男《おとこ》が視《み》えた……って、ミスコン会場《かいじょう》でこの顔《かお》はまずくないか。下着《したぎ》を盗《と》るか盗撮《とうさつ》するか、とにかく事件《じけん》の臭《にお》いしかしない。

しないんだが……うん……この顔《かお》、よく視《み》たら校長《こうちょう》だな……

審査委員席《しんさいいんせき》の校長《こうちょう》は、照橋《てるはし》さんのほうに体《からだ》をかたむけ、顔《かお》を近《ちか》づけていた。あわよくば髪《かみ》の匂《にお》いをかごう、とか思《おも》っているのだろう。

照橋《てるはし》さんはそんな校長《こうちょう》を煙《けむ》たがりながら、ミスコンテストの会場《かいじょう》を見回《みまわ》していた。

(斉木《さいき》……この会場《かいじょう》にはいない。やっぱりこんなところで審査委員長《しんさいいんちょう》をやってる場合《ばあい》じゃなかった)

心《こころ》の中《なか》でそうぼやき、もう一度《いちど》煙《けむ》たそうに校長《こうちょう》を見《み》つめる。

なんだ。僕《ぼく》を捜《さが》していたのか。

生憎《あいにく》、僕《ぼく》は刺《さ》されかけたり落《お》とされたりと忙《いそが》しく、ミスコン会場《かいじょう》には行《い》っていない。つつがなく審査《しんさ》も終《お》わったようだし、行《い》かなくて正解《せいかい》だったな。

観客《かんきゃく》たちはミスコンの余韻《よいん》に浸《ひた》りつつ、楽《たの》しそうに歓談《かんだん》していた。

燃堂《ねんどう》はボケーッとつっ立《た》って、窪谷須《くぼやす》は隣《となり》にいる女番長《レディース》から、

「なんだい。あぁン？」

とすごまれている。なんでここに残《のこ》っているんだろうな、この二人《ふたり》。やることがないなら焼《や》きそばでもすすりに行《い》けばいいのに。

海藤《かいとう》の姿《すがた》がないが……そういえば、あいつはダークリユニオンと遭遇《そうぐう》したんだったか。まったく、妙《みょう》な事態《じたい》に発展《はってん》していなければいいが……

僕《ぼく》は海藤《かいとう》の様子《ようす》を視《み》てみようと、意識《いしき》をかたむけた。

視界《しかい》を切《き》り替《か》え、屋上程度《おくじょうていど》の高《たか》さから校舎《こうしゃ》を見下《みお》ろす。

海藤《かいとう》は……

いた。薄暗《うすぐら》いろう下《か》を、ダークリユニオンを名乗《なの》った男《おとこ》に先導《せんどう》されながら歩《ある》いている。

もっとよく視《み》てみようと、僕《ぼく》は校舎《こうしゃ》のほうに視界《しかい》を近《ちか》づけた。ところが——

ビクッ！

なんだ　海藤《かいとう》の奴《やつ》、びっくりして窓《まど》の下《した》に隠《かく》れたぞ。まさか、僕《ぼく》の気配《けはい》に気付《きづ》いたのか？

一瞬《いっしゅん》ならず、僕《ぼく》は怪《あや》しんだが――

いや……違《ちが》うな。海藤《かいとう》はダークリユニオンのワナを警戒《けいかい》して、適当《てきとう》なタイミングでかがんだり、柱《はしら》に隠《かく》れたりしているだけだ。まぎらわしい。

海藤《かいとう》はそうやってせわしなく動《うご》きながら、黒装束《くろしょうぞく》の男《おとこ》とふたり、ろう下《か》を進《すす》み続《つづ》けた。

そして。

校舎《こうしゃ》のはし、ろう下《か》の突《つ》き当《あ》たりで立《た》ち止《ど》まる。ふたりの前《まえ》にはひとつのドアがあった。

なんの変哲《へんてつ》もない、いたって普通《ふつう》のドアだ。

けれど、黒装束《くろしょうぞく》の男《おとこ》はわざわざドアに手《て》をかざし『ぷぉうん』とつぶやいた。

それでなにか変《か》わったわけでもないが……どうやら『ぷぉうん』のおかげでドアのカギが開《あ》いたらしい。

男《おとこ》はドアを押《お》し開《あ》け、だまって中《なか》に入《はい》っていった。

「なっ!?」

ろう下《か》にひとり取《と》り残《のこ》され、海藤《かいとう》が目《め》を見開《みひら》く。

(まさか、この男《おとこ》は解錠《かいじょう》のフォースをあつかえるのか!?)

などと、心《こころ》の中《なか》でぶったまげながら。

おそるおそる海藤《かいとう》がドアに触《ふ》れてみると――なんの抵抗《ていこう》もなく、ドアは開《ひら》いた。

海藤《かいとう》は油断《ゆだん》せず、ドアの向《む》こうに足《あし》を踏《ふ》み入《い》れていく。部屋《へや》の中《なか》はろう下《か》よりも暗《くら》かった。暗幕《あんまく》が周《まわ》りを取《と》り囲《かこ》み、奥《おく》のほうで小《ちい》さなランプがふたつだけ灯《とも》されている。

さらに――

壁《かべ》に沿《そ》ってずらりと、ここまで海藤《かいとう》を案内《あんない》してきた男《おとこ》と同《おな》じ、黒装束《くろしょうぞく》の連中《れんちゅう》が並《なら》んでいた。

「貴様《きさま》ら……こんなところにアジトを……」

緊張《きんちょう》した面持《おもも》ちでつぶやく海藤《かいとう》だが……ダークリユニオンはたしか『人類淘汰《じんるいとうた》を目論《もくろ》む秘密結社《ひみつけっしゃ》』だったよな。

ここ、PK《ピーケー》学園《がくえん》の音楽室《おんがくしつ》だぞ。お前《まえ》のうしろにある黒板《こくばん》、五線譜《ごせんふ》入《はい》ってるし。音楽室《おんがくしつ》をアジトにする『秘密結社《ひみつけっしゃ》』って、どうなんだ？

僕《ぼく》が秘密結社《ひみつけっしゃ》の有《あ》り様《よう》について考《かんが》えていると、海藤《かいとう》が入《はい》ってきたドアとは反対側《はんたいがわ》――部屋《へや》の奥《おく》にあるドアが開《ひら》いた。

ドアの向《む》こうから現《あらわ》れたのは、周《まわ》りにいる連中《れんちゅう》と同《おな》じ、黒装束《くろしょうぞく》の男《おとこ》だった。

しかし、なにかが違《ちが》う。いうなれば『格《かく》』のようなものが。

海藤《かいとう》はそれを敏感《びんかん》に感《かん》じ取《と》っていた。それはつちかわれた戦士《せんし》のカンか、それとも封印《ふういん》している右腕《みぎうで》がうずいたせいか。あるいは、周《まわ》りの連中《れんちゅう》の空気《くうき》が変《か》わったせいかもしれない。

もしくは……そいつだけ専用《せんよう》の明《あ》かりが用意《ようい》されていて、ライトアップされたせいかもしれない。

ひとりだけ明《あか》るくなって顔《かお》がよく見《み》えるようになった男《おとこ》が、口《くち》を開《ひら》く。

「よくぞ来《き》たな、漆黒《しっこく》の翼《つばさ》。私《わたし》は『クロスチェイサー』『月光蝶《げっこうちょう》の瞳《ひとみ》』……さあ、思《おも》い出《だ》せ」

「……貴様《きさま》か。月光蝶《げっこうちょう》の瞳《ひとみ》……」

まるで宿命《しゅくめい》のライバルとでも出会《であ》ったみたいに、海藤《かいとう》……いや。ここは場《ば》の空気《くうき》を読《よ》んで漆黒《しっこく》の翼《つばさ》と呼《よ》ぼうか。漆黒《しっこく》の翼《つばさ》の目《め》が鋭《するど》くなる。

月光蝶《げっこうちょう》の瞳《ひとみ》もまた、その瞳《ひとみ》を月光《げっこう》のように妖《あや》しく輝《かがや》かせた。

「合《あ》い言葉《ことば》は覚《おぼ》えているかな？　スリサズ＝イサ＝ハガラズ！」

漆黒《しっこく》の翼《つばさ》がすかさず応《おう》じる。

「ソウェイラ・ゲーボ＝フェイヒュー！」

「エイワズ！　……フフ、まさに漆黒《しっこく》の翼《つばさ》」

「フフフフフフ」

宿命《しゅくめい》のライバルというより、息《いき》の合《あ》ったコンビのようなやり取《と》りをして、漆黒《しっこく》の翼《つばさ》はイスに座《すわ》ろうとした。なぜか部屋《へや》の真《ま》ん中《なか》にポツンと置《お》かれ、ていねいにライトアップされているイスに。

だが。

「おい」

月光蝶《げっこうちょう》の瞳《ひとみ》が、着席寸前《ちゃくせきすんぜん》の漆黒《しっこく》の翼《つばさ》を呼《よ》び止《と》める。

すばやく腰《こし》をあげる漆黒《しっこく》の翼《つばさ》。

「聖杯《せいはい》の儀《ぎ》を忘《わす》れているぞ」

「……そうだったな」

漆黒《しっこく》の翼《つばさ》は動《うご》きやすいよう、一歩前《いっぽまえ》に出《で》ると足《あし》を肩幅《かたはば》に開《ひら》き——

高《たか》く上《あ》げた手《て》の先《さき》を蛇《へび》の頭《あたま》のようにすぼませてすばやく四回左右《かいさゆう》にめぐらせると頭上《ずじょう》で両手《りょうて》の甲《こう》をくっつけて腰《こし》を落《お》とし屈伸《くっしん》しながら体《からだ》を左右《さゆう》にふりつつ指《ゆび》をチョウチョみたいにパタパタ動《うご》かした。

そして顔《かお》の右側《みぎがわ》で手《て》を二回《かい》、パンパンッと鳴《な》らし、

「ラグズ！」

そう唱《とな》えた。

「…………」

漆黒《しっこく》の翼《つばさ》の洗練《せんれん》された動《うご》きに圧倒《あっとう》されたのか、月光蝶《げっこうちょう》の瞳《ひとみ》は言葉《ことば》を失《うしな》っていたが、すぐに我《われ》に返《かえ》り、見開《みひら》いていた目《め》を元《もと》に戻《もど》す。

「いいだろう」

「フフフフ」

漆黒《しっこく》の翼《つばさ》は不敵《ふてき》に笑《わら》いながら、深々《ふかぶか》とイスに腰《こし》かけた。

「貴様《きさま》、俺《おれ》のことをどこまで知《し》っている？　俺《おれ》はかつてダークリユニオン第《だい》A《エー》級《きゅう》ソル

ジャーであったにもかかわらず、組織《そしき》の真《しん》の狙《ねら》いである『人類選別計画《じんるいせんべつけいかく》』を知《し》ってしまい、計画《けいかく》に必要《ひつよう》な破滅《はめつ》の石《いし》『パナライズ』を盗《ぬす》み出《だ》し、組織《そしき》を抜《ぬ》け出《だ》した。しかし、俺《おれ》は組織《そしき》に追《お》いつめられ、禁忌《きんき》の秘術《ひじゅつ》『思念魂《ファントム》』を使《つか》って魂《たましい》だけの存在《そんざい》となり、生《う》まれる前《まえ》の俺《おれ》……海藤瞬《かいとうしゅん》の体《からだ》に入《はい》りこんだ」

「すべて知《し》ってるさ。フハハハハ」

月光蝶《げっこうちょう》の瞳《ひとみ》が高《たか》らかに笑《わら》う。

そして、漆黒《しっこく》の翼《つばさ》も得心顔《とくしんがお》で笑《え》みを見《み》せる。

「そうか。満《まん》を持《じ》して……組織《そしき》の裏切《うらぎ》り者《もの》を文化祭《ぶんかさい》を利用《りよう》して倒《たお》しにきた……というわけか」

「いや。組織《そしき》に戻《もど》るという選択肢《せんたくし》もあるぞ」

その言葉《ことば》に漆黒《しっこく》の翼《つばさ》は片目《かため》を細《ほそ》めた。

(ほほう。そんな寛大《かんだい》な措置《そち》を考《かんが》えるようになったとは、俺《おれ》の古巣《ふるす》も変《か》わったもんだ)

と、妄想《もうそう》でしかなかったはずの過去《かこ》を回顧《かいこ》しながら。

漆黒《しっこく》の翼《つばさ》はイスから立《た》ち上《あ》がると、その申《もう》し出《で》を受《う》けるべきかどうか、迷《まよ》うそぶりを見《み》せた。しかし……答《こた》えはすでに決《き》まっているようだった。

「ごめんだね」

「なに？」

まさか断《ことわ》られるとは思《おも》っていなかったのか、月光蝶《げっこうちょう》の瞳《ひとみ》の目《め》つきがくらくなる。

「とうとうこの拳《こぶし》に秘《ひ》められし、フォースの力《ちから》を使《つか》うときがきた！」

「ハハハハハハ。そんなものが我々《われわれ》に通用《つうよう》すると思《おも》うかね」

組織《そしき》に戻《もど》らないのなら用《よう》はないとばかりに、月光蝶《げっこうちょう》の瞳《ひとみ》の袖《そで》から、細《ほそ》く、真《ま》っ赤《か》な光《ひかり》が放《はな》たれた。

漆黒《しっこく》の翼《つばさ》はその光《ひかり》をよけ、ときにはつかもうとする。

「フン、フンフン、フンッ、ハッ！」

光《ひかり》の速《はや》さに達《たっ》しなければできない芸当《げいとう》だが、体《からだ》に影響《えいきょう》がないということはつまり、よけたりつかめたりしているのだ。漆黒《しっこく》の翼《つばさ》の動《うご》きは光速《こうそく》を超《こ》えているに違《ちが》いない。たぶん。

しかし、どれだけ機敏《きびん》に動《うご》こうとも、真《ま》っ赤《か》な光《ひかり》は漆黒《しっこく》の翼《つばさ》を追尾《ついび》し続《つづ》けた。

おそらく、これこそが月光蝶《げっこうちょう》の瞳《ひとみ》のもうひとつの異名《いみょう》『クロスチェイサー』の所以《ゆえん》。

チェイサーとは追跡者《ついせきしゃ》のことであり、この光《ひかり》は漆黒《しっこく》の翼《つばさ》がどこに逃《に》げようとも追《お》ってくるに違《ちが》いない。たぶん。

「へぁっ、へぁっ……」

漆黒《しっこく》の翼《つばさ》が短《みじか》く息《いき》を吐《は》き、月光蝶《げっこうちょう》の瞳《ひとみ》の猛攻《もうこう》をリズミカルによける。

ところが。

パチィンッ！

漆黒《しっこく》の翼《つばさ》の背後《はいご》——黒板《こくばん》の一部《いちぶ》に真《ま》っ赤《か》な光《ひかり》が当《あ》たった瞬間《しゅんかん》、激《はげ》しい火花《ひばな》が散《ち》った。黒《こく》板《ばん》の中心《ちゅうしん》に火薬《かやく》のようなものが仕《し》こまれていたらしい。

ビクンッと、漆黒《しっこく》の翼《つばさ》が身《み》をすくませる。

漆黒《しっこく》の翼《つばさ》は煙《けむり》を上《あ》げる板《いた》と、月光蝶《げっこうちょう》の瞳《ひとみ》とを交互《こうご》に見《み》た。

（えっ、マジで？　火薬《かやく》とかありなの？）

そんな心《こころ》の声《こえ》が聞《き》こえた気《き》がしたが、気《き》のせいだろう。漆黒《しっこく》の翼《つばさ》が弱音《よわね》を吐《は》くはずがない。たとえ真《ま》っ赤《か》な光《ひかり》の正体《しょうたい》がただの『レーザーポインター』だったとしても、彼《かれ》はそれをよけ続《つづ》ける技量《ぎりょう》を持《も》ち合《あ》わせているのだから。

とりあえず——

「……なんだとぉ——っ！」

弱音《よわね》を吐《は》く代《か》わりに、漆黒《しっこく》の翼《つばさ》は叫《さけ》ぶことにしたようだった。

……やれやれ。

僕《ぼく》としたことが、つい場《ば》の雰囲気《ふんいき》にのまれてしまったな。

海藤《かいとう》の設定《せってい》ノートの中《なか》にしか存在《そんざい》しないはずの秘密結社《ひみつけっしゃ》、ダークリユニオンはたしかに存在《そんざい》した。誰《だれ》かがノートを盗《ぬす》み見《み》て、アイデアをパクったのか？　仮《かり》にそうだとしても、学校《がっこう》にアジトをかまえる理由《りゆう》がわからない。

「貴様《きさま》ら……い、いったいなにが目的《もくてき》だ！」

海藤《かいとう》が声《こえ》をふるわせながらたずねている。

「我々《われわれ》は唯一《ゆいいつ》の弱点《じゃくてん》であるアイテムを消《け》し去《さ》るためにここに来《き》た。この学校《がっこう》に散《ち》らばる七《なな》つの聖《せい》なる玉《たま》……ひとつたりとも渡《わた》すわけにはいかんからな！」

月光蝶《げっこうちょう》の瞳《ひとみ》が得意気《とくいげ》にこたえた。なるほど。そういう理由《りゆう》か……って、自分《じぶん》たちを滅《ほろ》ぼす方法《ほうほう》をほいほいバラすとは。なんなんだ。バカなのか？　秘密結社《ひみつけっしゃ》なのに秘密《ひみつ》がガバガバだぞ。

「フ、フフ……フハハハハ！」

案《あん》の定《じょう》、海藤《かいとう》は火薬《かやく》にビビった失態《しったい》を打《う》ち消《け》すように、高《たか》らかに笑《わら》った。

「なら先《さき》に俺《おれ》がその玉《たま》を集《あつ》めて、お前《まえ》たちを倒《たお》してやるさ！」

固《かた》く、右拳《みぎこぶし》をにぎりしめる海藤《かいとう》。

「それは！　そ、そ、それはやめてくれっ！　我々《われわれ》は、あの玉《たま》の光《ひかり》を浴《あ》びたらっ！」

月光蝶《げっこうちょう》の瞳《ひとみ》が頭《あたま》を抱《かか》える。本当《ほんとう》に、なんでバラしたんだ。

「漆黒《しっこく》の翼《つばさ》にとんでもない秘密《ひみつ》をしゃべっちまったようだなっ！　ハッハハハ」

またも笑《わら》う海藤《かいとう》だが、すぐに表情《ひょうじょう》を戻《もど》すと、耳《みみ》の裏《うら》に当《あ》てた両手《りょうて》をパタパタさせ、

「ハアッ！　バッサス！」

続《つづ》けてそう唱《とな》えた。スピードアップのフォースかな。たぶん。

フォースの力《ちから》をまとった海藤《かいとう》が走《はし》り去《さ》っていくが……残念《ざんねん》ながらフォースはあまり効《き》かなかったらしく、いつもの一倍《ばい》のスピードしか出《で》ていない。

「止《と》めろ！　漆黒《しっこく》の翼《つばさ》を止《と》めるんだっ！」

月光蝶《げっこうちょう》の瞳《ひとみ》が、あわてて部下《ぶか》たちに号令《ごうれい》をかけた。

それにしても、七《なな》つの玉《たま》か。どこかで聞《き》いたような設定《せってい》だな。

第《だい》三章《しょう》

防《ふせ》げ！　Ψ《サイ》悪《あく》のトラブル！

「よ――し、みんなあぁぁ――――――っ！」

ＰＫ《ピーケー》学園《がくえん》の裏門《うらもん》のほど近《ちか》く。校庭《こうてい》のプール付近《ふきん》で、灰呂《ハイロ》がなにやら叫《さけ》んでいた。

「ＰＫ《ピーケー》祭恒例《さいこうれい》!!　十《じゅっ》キロマラソン大会《たいかい》のスタートだあああぁぁ――――――っ！」

彼《かれ》の頭上《ずじょう》には『ＰＫ《ピーケー》祭恒例《さいこうれい》!!　十《じゅっ》キロマラソン大会《たいかい》』という看板《かんばん》がかかげられていた。

しかし、『みんなー』と叫《さけ》んでいたわりに、周《まわ》りには参加者《さんかしゃ》どころか人《ひと》っ子《こ》ひとりいない。

ゆっくりと近《ちか》づいてきた、燃堂以外《ねんどういがい》は。

「文化祭《ぶんかさい》でマラソンなんて聞《き》いたことねえぞ。運動会《うんどうかい》でやるべきじゃね？」

燃堂《ねんどう》がめずらしく正論《せいろん》を吐《は》く。

「逆《ぎゃく》に運動会《うんどうかい》で十《じゅっ》キロマラソンなんて聞《き》いたことないだろ」

灰呂《ハイロ》もまた正論《せいろん》を返《かえ》す。じゃあやるなよ。

「クラスの出《だ》し物《もの》が石《いし》の展示《てんじ》になってしまった俺《おれ》は、まったくすることがない状況《じょうきょう》の中《なか》で考《かんが》えついたのさ。そう！　走《はし》ろうとねっ！」

灰呂《ハイロ》が自慢《じまん》の二《に》の腕《うで》のコブを強調《きょうちょう》する。

走《はし》るのにその筋肉《きんにく》はあまり関係《かんけい》ないと思《おも》うが。

「誰《だれ》が参加《さんか》すんだよ。ひとりで走《はし》っても楽《たの》しくねえだろ」

ぶっきらぼうに告《つ》げる燃堂《ねんどう》。

しかし。

「ひとり？　うしろを見《み》てみろ！」

灰呂《ハイロ》に言《い》われるがまま燃堂《ねんどう》がふり返《かえ》ると、体操服《たいそうふく》に着替《きが》えたＰＫ《ピーケー》学園《がくえん》の生徒《せいと》たちが大勢《おおぜい》かけつけてきた。ざっと百人《ひゃくにん》はいる。

「お？　なんだあ？」

首《くび》をかしげつつ、燃堂《ねんどう》が横《よこ》を見《み》ると――

「おっふ……」

そこには新装開店《しんそうかいてん》の花《はな》がみじめに思《おも》えるぐらい、華々《はなばな》しくかざられた照橋《てるはし》さんのパネルが置《お》かれていた。下《した》のほうには『十《じゅっ》キロマラソン優勝賞品《ゆうしょうしょうひん》♥照橋心美《てるはしここみ》を♥10分《ぷん》見《み》つめられる権《けん》』と書《か》かれている。

僕《ぼく》はプールに続《つづ》く更衣室《こういしつ》の前《まえ》で、ポケットに両手《りょうて》を突《つ》っこみ、灰呂《ハイロ》たちの様子《ようす》をだまってながめていた。せめて握手《あくしゅ》とトークはしてやれ。見《み》つめられる権《けん》って……

「オレっちもやるぜえ」

やるのかよ。

しかし、同《おな》じ思《おも》いにかられた奴《やつ》が、ここには大勢《おおぜい》集《あつ》まっていた。さっきかけつけてきた連中《れんちゅう》も、無駄口《むだぐち》ひとつ叩《たた》かず、スタートラインに整列《せいれつ》していく。

足下《あしもと》に用意《ようい》されていたスターターピストルを灰呂《ハイロ》が拾《ひろ》う。

「今《いま》まさに！　熱戦《ねっせん》の幕《まく》が切《き》って落《お》とされるっ！　ＰＫ《ピーケー》祭恒例《さいこうれい》——」

恒例《こうれい》じゃないって。

「十《じゅっ》キロマラソン大会《たいかい》……スタートだっ！」

パァアンッ！

「ぬうぅうぅうううあああ！」

灰呂自身《ハイロじしん》もスターターピストルを投《な》げ捨《す》て、スタートダッシュを決《き》める。

他《ほか》の参加者《さんかしゃ》らも、灰呂《ハイロ》を追《お》って同時《どうじ》にかけ出《だ》した。

燃堂《ねんどう》はきょろきょろと参加者《さんかしゃ》たちの顔《かお》を見《み》つめていたが……ひとり取《と》り残《のこ》されたところでようやく走《はし》りはじめた。制服《せいふく》のポケットに手《て》を突《つ》っこんだまま、のろのろと。

この調子《ちょうし》だと、絶対《ぜったい》に誰《だれ》か事故《じこ》るな……奴《やつ》らの目《め》には照橋《てるはし》さんしか見《み》えてない。

……付《つ》いていくしかないな。

PK《ピーケー》学園《がくえん》をはなれ、十《じゅっ》キロマラソンの参加者《さんかしゃ》たちは街中《まちなか》を走《はし》っていた。

ほとんどが白《しろ》い体操服《たいそうふく》と緑《みどり》の短《たん》パンを身《み》につけたPK《ピーケー》学園《がくえん》の生徒《せいと》だが、ラフなかっこうをした他校生《たこうせい》やジャージ姿《すがた》のおっさんも交《ま》じっている。

先頭《せんとう》を走《はし》るのは灰呂《ハイロ》だ。肩《かた》ごしにふり向《む》き、

「照橋《てるはし》さんを見《み》つめられる権利《けんり》などで……ここまで参加者《さんかしゃ》が冷静《れいせい》さを失《うしな》うとはな」

信号《しんごう》が点滅《てんめつ》していたため、灰呂《ハイロ》は横断歩道《おうだんほどう》を渡《わた》らずに足《あし》を止《と》めた。

しかし、後続《こうぞく》の生徒《せいと》は点滅信号《てんめつしんごう》など気《き》にせず渡《わた》って行《い》く。

「そこの君《きみ》、危《あぶ》ないぞ！」

相変《あいか》わらずマジメだな、灰呂《ハイロ》。

僕《ぼく》は空中《くうちゅう》から彼《かれ》らの様子《ようす》を見《み》ていた。

なにか問題《もんだい》が起《お》きると思《おも》ったのだが、ここは灰呂《ハイロ》にまかせておけば大丈夫《だいじょうぶ》か……

別《べつ》の場所《ばしょ》を見《み》に行《い》くべきか考《かんが》えていると、信号待《しんごうま》ちの集団《しゅうだん》の中《なか》に、うしろから燃堂《ねんどう》が割《わ》りこんできた。

「オメー、人《ひと》の心配《しんぱい》してっと一番《いちばん》になれねえぞ」

灰呂《ハイロ》の隣《となり》に並《なら》び、アドバイスする燃堂《ねんどう》。

「僕《ぼく》はね、ＰＫ《ピーケー》祭《さい》でこうした、汗《あせ》と涙《なみだ》のマラソン大会《たいかい》を開催《かいさい》できただけで満足《まんぞく》なんだ」

「お？　じゃあ、オレっちが一番《いちばん》になっちゃお〜っと」

その一言《ひとこと》で、灰呂《ハイロ》の顔色《かおいろ》が変《か》わる。

「……なんつって。一緒《いっしょ》に走《はし》ろうぜ」

一方《いっぽう》、燃堂《ねんどう》の口調《くちょう》はのんきなままだった。

「燃堂君《ねんどうくん》……燃堂君《ねんどうくん》が一番《いちばん》……」

呆然《ぼうぜん》と灰呂《ハイロ》がつぶやく。

彼《かれ》の頭《あたま》の中《なか》には、ポケットに手《て》を突《つ》っこみながら気《け》だるげに走《はし》り、そのままゴールテープをきる燃堂《ねんどう》の姿《すがた》があった。

みんなの拍手《はくしゅ》を一身《いっしん》に浴《あ》びる燃堂《ねんどう》。さらには優勝賞品《ゆうしょうしょうひん》である照橋《てるはし》さんもかけつけ、

「おめでとう」

そうほめたたえられるのだ。

当然《とうぜん》のように、燃堂《ねんどう》は『おっふ』するわけだが――

「そんなことは……そんなことは絶対《ぜったい》に許《ゆる》さないぞォオオオッ！」

汗《あせ》と涙《なみだ》のマラソン大会《たいかい》を開催《かいさい》できただけで満足《まんぞく》という、謙虚《けんきょ》な心《こころ》はどこへいったのか。

灰呂《ハイロ》の負《ま》けず嫌《ぎら》いが爆発《ばくはつ》した。

「ぬうううおおおおおおお」

信号《しんごう》が変《か》わった瞬間《しゅんかん》、灰呂《ハイロ》はおたけびをあげて走《はし》りだした。

『照橋心美《てるはしここみ》を♥10分《ぷん》見《み》つめられる権《けん》』をゆずるまいと、他《ほか》の参加者《さんかしゃ》もペースはムシして爆《ばく》走《そう》しはじめる。

「おーい。一緒《いっしょ》に走《はし》ろうぜー」

燃堂《ねんどう》は相変《あいか》わらず、マイペースをつらぬいていたが。

……うん。

灰呂《ハイロ》にまかせて……大丈夫《だいじょうぶ》か？

不安《ふあん》はまったくつきないが、ひとまずマラソンは灰呂《ハイロ》にまかせ、僕《ぼく》は校内《こうない》を千里眼《せんりがん》で視《み》ておくことにした。

校舎《こうしゃ》の一階《いっかい》、玄関口《げんかんぐち》では、生徒《せいと》たちが熱心《ねっしん》に客引《きゃくひ》きを行《おこな》っていた。輪《わ》になって雑談《ざつだん》する連中《れんちゅう》や、出入《でい》りする者《もの》も大勢《おおぜい》いるため、人《ひと》でごった返《がえ》している。

『焼《や》きそば』『メイド喫茶《きっさ》』『ヨーヨーつり』――カラフルな看板《かんばん》が自己主張《じこしゅちょう》しており、千里眼《せんりがん》だというのに目《め》がチカチカする。

どこか目《め》を落《お》ち着けられる場所《ばしょ》を探《さが》していると……地味《じみ》で真面目《まじめ》なフリをしている奴《やつ》がいた。窪谷須《くぼやす》だ。

ひとりで校舎内《こうしゃない》を見《み》て回《まわ》るつもりなのか、靴《くつ》をはきかえに来《き》たようだが――

窪谷須《くぼやす》がゲタ箱《ばこ》の扉《とびら》を開《あ》けた瞬間《しゅんかん》、中《なか》から白《しろ》い封筒《ふうとう》がバサバサ落《お》ちてきた。

モテモテだな、窪谷須《くぼやす》。

……なんて、甘《あま》ったるい代物《しろもの》じゃなさそうだ。

床《ゆか》に落《お》ちた封筒《ふうとう》を見《み》て、窪谷須《くぼやす》がゆっくりとしゃがむ。手《て》に取《と》った封筒《ふうとう》には『果《は》たし状《じょう》』と書《か》かれていた。他《ほか》の封筒《ふうとう》も『果他死状《はたしじょう》』と、字《じ》が違《ちが》うだけで中身《なかみ》は似《に》たようなものだ。

ふむ。モテモテなことに変《か》わりはないが、違《ちが》う方面《ほうめん》にモテてしまったみたいだな。まあ、ヤンキーを卒業《そつぎょう》したがっていた窪谷須《くぼやす》が、果《は》たし合《あ》いなんかに応《おう》じるはずもないか。

僕《ぼく》はそう思《おも》っていた。ところが。

真顔《まがお》をつらぬいていた窪谷須《くぼやす》が、口《くち》のはしをヒンとつり上《あ》げる。

「……上等《じょうとう》じゃねえかよ」

上等《じょうとう》？　おいおい。窪谷須《くぼやす》……騒《さわ》いじゃいけない血《ち》が騒《さわ》いでないか？

カンベンしてくれ。ケンカ沙汰《ざた》なんてトラブルの筆頭《ひっとう》じゃないか。今《いま》すぐ止《と》めに……いや。窪谷須《くぼやす》を止《と》めるだけじゃダメだ。果《は》たし状《じょう》を送《おく》ってきた相手《あいて》も止《と》めないと。

もしも窪谷須《くぼやす》が果《は》たし合《あ》いに応《おう》じなかった場合《ばあい》、相手《あいて》は窪谷須《くぼやす》を捜《さが》そうと、校内《こうない》をねり歩《ある》くはずだ。ゲタ箱《ばこ》に入《はい》っていた果《は》たし状《じょう》の数《かず》……何人《なんにん》で特攻《ブッコ》みに来《き》たのか知《し》らないが、まず間違《まちが》いなく風紀的《ふうきてき》によろしくない。

そうとなれば、窪谷須《くぼやす》には果《は》たし合《あ》いに向《む》かってもらったほうがいいだろう。そして、相手《あいて》と出会《であ》ったのちに、問題《もんだい》にならないよう全員《ぜんいん》まとめて対処《たいしょ》する……

よし。これでいこう。

窪谷須《くぼやす》のあとを尾《つ》けようと、僕《ぼく》は玄関口《げんかんぐち》まで戻《もど》って来《き》たのだが……

そこではじめに目《め》についたのは大勢《おおぜい》の生徒《せいと》だ。誰《だれ》かを囲《かこ》んでいる。

囲《かこ》まれているのは……蝶野雨緑《ちょうのうりょく》だ。

「さて、このタネも仕《し》かけもないゲタ箱《ばこ》」

学校中《がっこうじゅう》をイリュージョンツアーしてるんだったな。つまりこの生徒《せいと》たちは観客《かんきゃく》か。

「ワン、ツー、スリー、はいっ」

蝶野《ちょうの》が『坂本《さかもと》』という生徒《せいと》のゲタ箱《ばこ》に、シンプルな魔法《まほう》をかける。

タネも仕《し》かけもないということだが、ゲタ箱《ばこ》の扉《とびら》を透視《とうし》した僕《ぼく》にはそれがウソだとわかった。

事前《じぜん》に仕《し》こんだのはほめてやるが、つめすぎだぞ。ハト。

『坂本《さかもと》』のゲタ箱《ばこ》には、ミチミチのパンパンに白《しろ》いハトがつまっていた。

ざっと二十羽《にじゅうわ》ほど。

ハトもかわいそうだし、あの様子《ようす》だと『坂本《さかもと》』の靴《くつ》もひどいことになってるだろうな。

☆

「マラソン大会《たいかい》で生徒《せいと》たちがかなりムチャな走行《そうこう》をしている模様《もよう》！」

十《じゅっ》キロマラソンのゴール地点《ちてん》――裏門《うらもん》で、松崎《まつざき》が携帯電話《けいたいでんわ》に叫《さけ》んでいた。

「事故《じこ》が起《お》きないように警備《けいび》の配置《はいち》を願《ねが》いますっ！」

松崎《まつざき》が去《さ》って行《い》くのを確認《かくにん》し、僕《ぼく》は隠《かく》れていた塀《へい》から顔《かお》を出《だ》した。

今《いま》さら配置《はいち》しても遅《おそ》いだろ。


ムチャな走行《そうこう》とやらが気《き》になり、僕《ぼく》は窪谷須《くぼやす》の件《けん》を後回《あとまわ》しにして、千里眼《せんりがん》でマラソンコースを確認《かくにん》してみた。

トップを走《はし》っているのは、相変《あいか》わらずこの男《おとこ》。

灰呂杵志《ハイロキネシ》だ。

「なにかを間違《まちが》えていた。俺《おれ》は勝利《しょうり》が、ただ勝利《しょうり》だけが欲《ほ》しい男《おとこ》なんだっ！」

品行方正《ひんこうほうせい》な学級委員《がっきゅういいん》は、今《いま》や楽《たの》しく汗《あせ》を流《なが》すことよりも順位《じゅんい》を、正《ただ》しく走《はし》ることよりも後続《こうぞく》を気《き》にする、勝利《しょうり》にうえたアスリートに変《か》わっていた。

灰呂《ハイロ》が肩《かた》ごしにうしろを確認《かくにん》する。

「誰《だれ》も来《こ》ない！　僕《ぼく》が本気《ほんき》で走《はし》れば、誰《だれ》も追《お》いつけるはずがないっ！　このままトップでゴールテープをきってやる！」

そう意気《いき》ごむ灰呂《ハイロ》だが。

「おい」

うしろから声《こえ》がした。

「速《はえ》えよ」

さっきよりも声《こえ》が近《ちか》い。

まさかという顔《かお》で灰呂《ハイロ》が横《よこ》を見《み》ると、そこには……ポケットに手《て》を突《つ》っこんだまま、平然《へいぜん》と走《はし》る燃堂《ねんどう》の姿《すがた》があった。

「一緒《いっしょ》に走《はし》ろうって言《い》ったのによ、飲《の》み物買《ものか》ってたらいなくなっただろ」

（なにっ⁉）

思《おも》わず歯《は》を食《く》いしばる灰呂《ハイロ》。

（飲《の》み物買《ものか》ってたのに俺《おれ》に追《お》いついただと⁉　しかもまったく息《いき》が上《あ》がっていないし、汗《あせ》を一粒《ひとつぶ》もかいていない！　制服《せいふく》で⁉　いや、しかし、水分《すいぶん》を補給《ほきゅう》したいということはそれなりに疲《つか》れが……）

だが、燃堂《ねんどう》が手《て》に持《も》っている飲《の》み物《もの》は――

（コンポタッ⁉）

コーンポタージュ。しかもまるごとコーン入《い》り。

すでに缶《かん》は開《あ》けてあるらしく、燃堂《ねんどう》はズビビ……ッとコーンポタージュをすすり――

「くうう……」

一息《ひといき》ついた。走《はし》りながら。

「あったまるぜぇ」

（なぜあったまる必要《ひつよう》がある⁉）

わからん。ボイラーみたいに熱《ねっ》が必要《ひつよう》なんじゃないか。

同《おな》じ理屈《りくつ》に帰結《きけつ》したのかはさておき、灰呂《ハイロ》はますます燃《も》え上《あ》がった。

「俺《おれ》は負《ま》けんっ！　負《ま》けんぞおおおおっ！」

さらに速度《そくど》を上《あ》げて、機関車《きかんしゃ》のように脇目《わきめ》もふらずかけていく。

「お〜い。一緒《いっしょ》に走《はし》ろうぜぇ」

「アアアアアアア――――！」

燃堂《ねんどう》の誘《さそ》いには、奇声《きせい》が返《かえ》された。

やれやれ……千里眼《せんりがん》じゃダメだな。直接《ちょくせつ》見《み》に行《い》くしかない。


学校《がっこう》から続《つづ》くマラソンコースを空中浮遊《くうちゅうふゆう》しながら見《み》て回《まわ》ると、道路《どうろ》のいたる所《ところ》で参加者《さんかしゃ》たちが倒《たお》れていた。数《すう》メートルおきにバタバタと。

これはこれで目印《めじるし》になって楽《らく》……なんて言《い》ってる場合《ばあい》じゃなさそうだ。

いかに照橋《てるはし》さんを見《み》つめられると言《い》っても、十《じゅっ》キロだ。よほど走《はし》り慣《な》れていない限《かぎ》り、バテるに決《き》まっている。

スゥ――ッと、倒《たお》れている生徒《せいと》たちの上《うえ》をすべるように飛《と》んでいくと……いた。灰呂《ハイロ》だ。

物《もの》すごい剣幕《けんまく》で全力疾走《ぜんりょくしっそう》している。もはや信号《しんごう》とか見《み》えてないな。

案《あん》の定《じょう》、灰呂《ハイロ》は赤信号《あかしんごう》に気付《きづ》かず、交差点《こうさてん》に突《つ》っこもうとしていた。

やむを得《え》ない。たかが交通《こうつう》ルールとはいえ、ルールをねじ曲《ま》げるのは好《す》きじゃないんだが……僕《ぼく》は超能力《ちょうのうりょく》を使《つか》い、赤信号《あかしんごう》を青信号《あおしんごう》に変《か》えた。

急《きゅう》ブレーキで止《と》まった車《くるま》の前《まえ》を、灰呂《ハイロ》が爆走《ばくそう》していく。

その先《さき》の信号《しんごう》も黄色《きいろ》だ。その先《さき》は赤《あか》……まったく、世話《せわ》が焼《や》ける。

それらの信号《しんごう》をことごとく青《あお》に変《か》えてやるが、そのことにも灰呂《ハイロ》は気付《きづ》いていないようだった。

さらに……

まずいな。信号《しんごう》のない交差点《こうさてん》だ。しかも車《くるま》が向《む》かってきている。

灰呂《ハイロ》が道《みち》の安全《あんぜん》を確《たし》かめる様子《ようす》は……もちろんない。

しょうがないな……

僕《ぼく》はサイコキネシスで車《くるま》を浮《う》かせ、灰呂《ハイロ》の頭上《ずじょう》を通過《つうか》させた。

やはりそれにも気付《きづ》かず、灰呂《ハイロ》は走《はし》り続《つづ》ける。

まあいい。この先《さき》にあるのは車通《くるまどお》りの少《すく》ない路地《ろじ》だ。もう事故《じこ》の心配《しんぱい》はない——

いや、まだだ。

灰呂《ハイロ》の前方《ぜんぽう》から、自転車《じてんしゃ》の集団《しゅうだん》が近《ちか》づいていた。

その数《かず》、十台《じゅうだい》。

道《みち》のはしに寄《よ》れば問題《もんだい》なくやり過《す》ごせそうだが……

当然《とうぜん》のごとく、灰呂《ハイロ》は道《みち》の真《ま》ん中《なか》をがむしゃらに走《はし》っていた。

この場合《ばあい》、どうしたものか。自転車《じてんしゃ》を浮《う》かせるか、灰呂《ハイロ》を浮《う》かせるか。

もういい。面倒《めんどう》だ。

僕《ぼく》はサイコキネシスで自転車《じてんしゃ》をすべて道《みち》のはしに寄《よ》せた。右《みぎ》と左《ひだり》に五台《だい》ずつ。ヒヨコの♂♀《オスメス》を分《わ》けるように。

がら空《あ》きになった道《みち》の真《ま》ん中《なか》を、灰呂《ハイロ》が突《つ》っ走《ぱし》る。

これで校門《こうもん》まで危険《きけん》はない。あとは……

お前《まえ》の体力《たいりょく》が保《も》つかどうかだ。

心《こころ》の中《なか》で、灰呂《ハイロ》は悲鳴《ひめい》をあげていた。

(はあ！　はあっ！　ペースを上《あ》げすぎた！　ここまでほぼ全力疾走《ぜんりょくしっそう》！　もう限界《げんかい》だ！)

だが。

そんな灰呂《ハイロ》の横《よこ》に、余裕《よゆう》の表情《ひょうじょう》をした燃堂《ねんどう》が並《なら》ぶ。

ぎょっとして、灰呂《ハイロ》は燃堂《ねんどう》のほうを見《み》た。

(どうして追《お》いつくっ⁉)

「オメー、すげえ汗《あせ》だぞ。大丈夫《だいじょうぶ》か？　ひょっとしてカゼか？」

(カゼでこんなに走《はし》れるわけがないだろ！)

「水分補給《すいぶんほきゅう》した方《ほう》がいいぞ。オメーの分《ぶん》の飲《の》み物《もの》も買《か》ってきたからよ」

(また飲《の》み物《もの》買《か》ってたのか……それで追《お》いついたのか……)

「ほらよ」

と、燃堂《ねんどう》が差《さ》し出《だ》してきたのは——

(おしるこだとぉっ⁉)

しかも粒《つぶ》あん入《い》り。ほんのり甘《あま》いタイプ。

しかし、灰呂《ハイロ》におしるこを受《う》け取《と》っているヒマはなかった。

ついにＰＫ《ピーケー》学園《がくえん》の裏門《うらもん》が見《み》えてきたのだ。

（いよいよゴールだっ！）

「飲《の》まねーならオレっちが飲《の》んじまうぞー」

とうとう燃堂《ねんどう》は灰呂《ハイロ》を追《お》い越《こ》すと、うしろ向《む》きになり、バック走《そう》のかっこうで走《はし》りはじめた。

燃堂《ねんどう》はそのままズビビ……ッとおしるこをすすり——

「ぷはぁ」

一息《ひといき》ついた。うしろ向《む》きのまま。

「このマラソンのあとどこ行《い》く？　☆《5》組《くみ》がお化《ば》けやしきやってるらしいぜ」

（なぜだ。なぜうしろ向《む》き走《ばし》りの奴《やつ》に追《お》いつけんのだっ!?）

「それとも、十《2》組《くみ》の女装《じょそう》メイド喫茶《きっさ》行《い》くか？　ちょっと面白《おもしろ》そうだよな」

燃堂《ねんどう》。バカすぎるぞ。ちゃんと空気《くうき》を読《よ》んで負《ま》けてやれ。

(負《ま》ける……このままだとうしろ向《む》き走《ばし》りの男《おとこ》に負《ま》ける！　この僕《ぼく》がっ！)

勝利《しょうり》にうえたアスリートとなった灰呂《ハイロ》は、最後《さいご》の手段《しゅだん》に出《で》た。

「あ！　舞《まい》の海《うみ》がぶらり途中下車《とちゅうげしゃ》の旅《たび》、真《ま》っ最中《さいちゅう》！」

バカしか引《ひ》っかからないようなウソをつき、学校《がっこう》のプールを指《ゆび》さす。

が。

「おっ？　どこだ？」

燃堂《ねんどう》は引《ひ》っかかった。バカだからだ。

砂《すな》ぼこりを巻《ま》き上《あ》げて急停止《きゅうていし》する燃堂《ねんどう》。

そんな燃堂《ねんどう》の横《よこ》をすり抜《ぬ》けて――

灰呂《ハイロ》がゴールテープをきった。

(勝《か》ったぞおおおおっ！)

ゴールを遠巻《とおま》きに囲《かこ》んで待機《たいき》していた生徒《せいと》たちが、メガホンを打《う》ち鳴《な》らし、歓声《かんせい》をあげ、万雷《ばんらい》の拍手《はくしゅ》でもって灰呂《ハイロ》の一位《い》をたたえる。

ところが。

安心《あんしん》したためか、それとも体力《たいりょく》の限界《げんかい》がきたのか。

灰呂《ハイロ》は勢《いきお》いよく前《まえ》のめりにぶっ倒《たお》れた。

そのせいで——

「おい！　ケツ出《で》てるよ、ケツ」

「きゃあああ！」

拍手《はくしゅ》と歓声《かんせい》がピタッと止《や》んで、代《か》わりに悲鳴《ひめい》と笑《わら》いが起《お》こった。

体力《たいりょく》が底《そこ》をついた灰呂《ハイロ》はケツをしまうこともできず、ピクピクとけいれんしていた。

それでいいのか？　灰呂《ハイロ》……

一足先《ひとあしさき》に戻《もど》っていた僕《ぼく》は、観衆《かんしゅう》の先頭《せんとう》で灰呂《ハイロ》を見下《みお》ろしていた。

もちろん、周《まわ》りと一緒《いっしょ》になって灰呂《ハイロ》のケツを指《ゆび》さすようなマネはしないが、かといって助《たす》け起《お》こしもしない。

灰呂《ハイロ》には悪《わる》いが、自業自得《じごうじとく》だ。こんなイベントを企画《きかく》したむくいとでも思《おも》ってもらおう。

そこへ。

僕《ぼく》の隣《となり》にいた女子生徒《じょしせいと》を押《お》し退《の》けて、ひとりの女子生徒《じょしせいと》が割《わ》りこんできた。

照橋《てるはし》さんだ。すっかり忘《わす》れていた。

よほど僕《ぼく》のことを捜《さが》していたのか、ニコニコとうれしそうに、

「斉木《さいき》くんは……なにしてたの？」

「まあ、ブラブラと」

空中《くうちゅう》だけどな。

「やっとミスコン終《お》わったんだ。審査委員長《しんさいいんちょう》なんかやらされちゃって」

よほど大変《たいへん》な審査《しんさ》だったのか、照橋《てるはし》さんの声《こえ》は疲《つか》れていた。けれど、心《こころ》の声《こえ》は――

（ま、グンバツにかわいいから仕方《しかた》ないいんだけど。要《よう》は不戦勝的《ふせんしょうてき》な？）

まったく疲《つか》れていなかった。

「……大変《たいへん》だったね。ご苦労様《くろうさま》」

心《こころ》にもないねぎらいの言葉《ことば》を、僕《ぼく》は口《くち》にした。

照橋《てるはし》さんはそれでもかまわないらしく、笑顔《えがお》のまま、

「一緒《いっしょ》に、お化《ば》けやしき行《い》かない？」

いや、灰呂《ハイロ》に見《み》つめさせてやってくれ。賞品《しょうひん》だし。

「それとも、なにか食《た》べに行《い》く？」

だから灰呂《ハイロ》に見《み》つめさせてやってくれ。

……無理《むり》か。

灰呂《ハイロ》は口《くち》を半開《はんびら》きにして、目《め》はうつろ、体《からだ》はピクピク……そんな状態《じょうたい》だった。

と、ぶらり途中下車《とちゅうげしゃ》した舞《まい》の海《うみ》を探《さが》していた燃堂《ねんどう》が、のそりとゴール地点《ちてん》の裏門《うらもん》をくぐり、

「オメー、ウソついただろ」

灰呂《ハイロ》の足《あし》をまたいで、両手《りょうて》をからめて人差《ひとさ》し指《ゆび》を立《た》てた。

そして——

「てん・ちゅー」

灰呂《ハイロ》のむき出《だ》しのケツに、カンチョーを決《き》める。

「あっ……」

天誅《てんちゅう》が下《くだ》された灰呂《ハイロ》はビクッとしてうめいたあと、力《ちから》つきて動《うご》かなくなった。

やれやれ。ようやくマラソンは片付《かたづ》いたが、窪谷須《くぼやす》のほうは——

千里眼《せんりがん》でのぞいてみると、窪谷須《くぼやす》は芝生《しばふ》と植《う》えこみに挟《はさ》まれた小道《こみち》をゆっくりと歩《ある》いていた。ひょっとして、そこが果《は》たし状《じょう》で指定《してい》された場所《ばしょ》なのか？　人通《ひとどお》りが少《すく》ないとはいえ、校舎《こうしゃ》に面《めん》しているせいで一階《いっかい》の教室《きょうしつ》から丸見《まるみ》えだぞ、その道《みち》。

そんなまさかとまどう僕《ぼく》だが、そのまさかだった。

窪谷須《くぼやす》が向《む》かう先《さき》には、カラフルなグラサンと、キレッキレのリーゼントで決《き》めた学《がく》ラン姿《すがた》のヤンキーが四人《よにん》、うんこ座《ずわ》り——もとい、ヤンキー座《ずわ》りで待《ま》ちかまえていた。

全員《ぜんいん》が木刀《ぼくとう》を持《も》ち、パシパシと手《て》ざわりを確《たし》かめている。

このままでは窪谷須《くぼやす》とヤンキーがご対面《たいめん》してしまう。そんなところでケンカなんてはじめたら、一瞬《いっしゅん》で松崎《まつざき》にバレるぞ。すぐに向《む》かわないといけないはずなんだが……

どうも様子《ようす》がおかしいな。

窪谷須《くぼやす》が近《ちか》づいているというのに、ヤンキーたちはかまうことなく、

「おい。クボヤースどこだよ？」

窪谷須《くぼやす》を捜《さが》していた。

「なんで果《は》たし状《じょう》に書《か》いた場《ば》所《しょ》に来《こ》ねえんだよ」

「あの野郎《やろう》、怖《お》じ気《け》づいたんすよ、絶対《ぜったい》」

「そんなタマじゃねえだろ」

窪谷須《くぼやす》もまた彼《かれ》らにかまうことなく素通《すどお》りする。『怖《お》じ気《け》づいたんすよ』のあたりで白《しろ》目《め》をむいて般若《はんにゃ》のような形相《ぎょうそう》になってしまったが、とにかく素通《すどお》りする。

窪谷須《くぼやす》はヤンキーたちから数歩《すうほ》はなれたところで、

「そりゃわかんねえよな。前《まえ》の俺《おれ》とは全然《ぜんぜん》ちげえからな」

そうつぶやいた。

窪谷須《くぼやす》……お前《まえ》……

果《は》たし合《あ》いにきたんじゃなくて……自分《じぶん》がちゃんと脱《だつ》ヤンできているかどうか、確《たし》かめるためにきたのか。

そうであれば、結果《けっか》はカンペキだ。

ヤンキーたちは誰《だれ》ひとり、窪谷須《くぼやす》の正体《しょうたい》に気付《きづ》かなかった。

窪谷須《くぼやす》もその結果《けっか》に満足《まんぞく》し、顔《かお》をふせて「フフフフフ……」と小声《こごえ》で笑《わら》っている。

すると、なぜか「フフフフフ……」と誰《だれ》かの笑《わら》い声《ごえ》が重《かさ》なった。

窪谷須《くぼやす》の前方《ぜんぽう》から誰《だれ》か歩《ある》いて来《く》る。あれは——

海藤《かいとう》？

どうしてこんなところに……しかも、なんでボウリングのボールをふたつも抱《かか》えてるんだ。

思《おも》わず千里眼《せんりがん》ごしに首《くび》をかしげてしまったが……謎《なぞ》はすぐに解《と》けた。ボウリングのボールには、白《しろ》いペンででかでかと『ダークリユニオンを倒《たお》す玉《たま》』と書《か》かれていたのだ。

月光蝶《げっこうちょう》の瞳《ひとみ》は『聖《せい》なる玉《たま》』としか言《い》っていなかったが、まさかボウリングのボールとは。

そんなバカでかいのを七《なな》つも集《あつ》めるのか。海藤《かいとう》、お前正気《まえしょうき》か。

「なにしてんの？　海藤《かいとう》」

窪谷須《くぼやす》がたずねるが、海藤《かいとう》は相変《あいか》わらず「フフフフフ」と薄笑《うすわら》いを浮《う》かべている。

「一般人《おまえら》は知《し》らなくていい。これは……」

海藤《かいとう》が空《そら》の彼方《かなた》を見《み》つめる。

つられて窪谷須《くぼやす》も空《そら》を見上《みあ》げるが——なにもない。青空《あおぞら》が広《ひろ》がるだけだ。

「フッ、俺《おれ》とダークリユニオンとの戦《たたか》いだ」

「……今《いま》どこ見《み》てたの？」

どうやら海藤《かいとう》は空《そら》を見上《みあ》げたのではなく、ダークリユニオンとの戦《たたか》いに思《おも》いをはせていたらしい。

窪谷須《くぼやす》は心《こころ》の中《なか》で——

(ダークリユニオン……堕苦利癒弐怨《ダークリユニオン》か？　やっぱり一般人《パンピー》の言《い》うことはよくわかんねぇな……けど、こういう会話《かいわ》にもついていかなきゃな。だって俺《おれ》ぁもうヤンキーじゃなくて、その一般人《パンピー》なんだからよ)

首《くび》をかしげながらも、わかった風《ふう》にうなずいた。

大丈夫《だいじょうぶ》だ、窪谷須《くぼやす》。海藤《そいつ》の話《はなし》は一般人《パンピー》でもよくわからない。

当《とう》の海藤《かいとう》はそれ以上話《いじょうはなし》を広《ひろ》げることもなく、だまって去《さ》って行《い》った。窪谷須《くぼやす》が歩《ある》いてきた方向《ほうこう》へ……っておい、海藤《かいとう》。そっちにはヤンキーが——

「おいッ！」

案《あん》の定《じょう》、海藤《かいとう》は刹那《せつな》のうちにからまれた。

「そこのボウリングのボール持《も》ってる兄《にい》ちゃん」

リーダー格《かく》らしき赤《あか》いグラサンのヤンキーが行《ゆ》く手《て》をさえぎるが、海藤《かいとう》は恐《おそ》れることなく、鼻《はな》で笑《わら》った。

「フフフッ。これがボウリングのボールに見《み》えるか」

「見《み》えるッ!!」

赤《あか》いグラサンのヤンキーが食《く》い気味《ぎみ》に怒鳴《どな》る。

「一般人《おまえら》は知《し》らなくていい。俺《おれ》は、これでダークリユニオンと戦《たたか》う」

遠《とお》い目《め》をして、再《ふたた》びダークリユニオンとの戦《たたか》いに思《おも》いをはせる海藤《かいとう》。

「おま、なに言《い》ってんだよ!?　おい、写真《しゃしん》ッ！」

「アイッ！」

舎弟《しゃてい》らしき赤《あか》いＴ《ティー》シャツのヤンキーが、高《たか》い声《こえ》でこたえた。

「なあ、兄《にい》ちゃん、こいつ、知《し》らねーか？」

赤《あか》いＴ《ティー》シャツのヤンキーが海藤《かいとう》に見《み》せつけた写真《しゃしん》には『死後硬直《しごこうちょく》』と書《か》かれた防《ぼう》じんマスクを着《つ》け、血《ち》まみれのくぎバットをかついだ特攻服《とっこうふく》の男《おとこ》が写《うつ》っていた。金髪《きんぱつ》のリーゼントは立派《りっぱ》な長《なが》さをほこっているが、長《なが》すぎて先《さき》の方《ほう》が少《すこ》しへたれている。

いずれにせよ、海藤《かいとう》に心当《こころあ》たりはなさそうだ。

「知《し》らん」

「クボヤースって言《い》うんだけどさァ！」

「クボヤース……？」

写真《しゃしん》の男《おとこ》に見覚《みおぼ》えはない海藤《かいとう》も、その名前《なまえ》には聞《き》き覚《おぼ》えがあった。

「ハッ！」

海藤《かいとう》はバッとふり向《む》き、窪谷須《くぼやす》を示《しめ》した。

「それはあいつだ！」

あっさりバラされた窪谷須《くぼやす》は、仕方《しかた》なく玄関口《げんかんぐち》に続《つづ》く道《みち》を指《ゆび》さして、海藤《かいとう》に立《た》ち去《さ》るよう促《うなが》した。まるでここから先《さき》は見《み》せられないとばかりに。

「さあ、早《はや》く堕苦利癒弐怨《ダークリユニオン》を！　今《いま》が絶好《ぜっこう》のチャンスだ！」

「わかった！」

海藤《かいとう》はその言葉《ことば》の裏《うら》を疑《うたが》うことなく、すぐさま窪谷須《くぼやす》に背中《せなか》を向《む》け、

「はああああっ！　ギャラドス＝グラドドス！」

呪文《じゅもん》らしきものを唱《とな》え、かけ出《だ》していった。

そんな海藤《かいとう》を横目《よこめ》に、ヤンキー四人《よにん》が窪谷須《くぼやす》に迫《せま》る。

「ほっほ〜〜う。ずいぶん変身《へんしん》されましたねえ〜、クボヤ〜〜スく〜ん」

バチバチにメンチをきりながら、赤《あか》いグラサンが巻《ま》き舌《じた》で言《い》う。

しかし、窪谷須《くぼやす》はメンチを返《かえ》すようなマネはせず、目《め》を細《ほそ》めて、
静《しず》かに語《かた》った。

「ああ。俺《おれ》はよォ……もうお前《まえ》らと遊《あそ》んでるヒマはねえんだ」

だが。

「えええええ？　遊《あそ》んで下《くだ》さいよぉぉぉぉ」

赤《あか》いグラサンはかまわず木刀《ぼくとう》をふりかぶった。

「うらぁ！　おうりゃあ！　へっ、おうらっ！」

一回《いっかい》、二回《かい》と、窪谷須《くぼやす》の腕《うで》や脇腹《わきばら》に木刀《ぼくとう》が叩《たた》きつけられる。

たまらず身《み》をかがめる窪谷須《くぼやす》。

赤《あか》いグラサンは容赦《ようしゃ》なくえり首《くび》をつかみ、窪谷須《くぼやす》を正面《しょうめん》に立《た》たせるが――

その顔《かお》を見《み》て、ぽかんと口《くち》を開《あ》ける。

いつの間《ま》にか、窪谷須《くぼやす》は白目《しろめ》をむき、般若《はんにゃ》のような形相《ぎょうそう》に変《か》わっていた。

「アアアアアアア――」

窪谷須《くぼやす》はサイレンのような奇声《きせい》をあげ、赤《あか》いグラサンの手《て》をふり解《ほど》くと、すかさず右《みぎ》の拳《こぶし》をお見舞《みま》いした。

……まずいな。とうとう問題発生《もんだいはっせい》だ。

すぐにでも窪谷須《くぼやす》の下《もと》に向《む》かいたいところだが――

そうはいかなかった。僕《ぼく》は――いや。僕《ぼく》と照橋《てるはし》さんは、一緒《いっしょ》にお化《ば》けやしきを見《み》に行《い》かねばならないからだ。

もちろん本意《ほんい》ではない。誘《さそ》われた末《すえ》に、断《ことわ》る口実《こうじつ》を思《おも》いつけなかったのだ。

瞬間移動《しゅんかんいどう》しようにも、照橋《てるはし》さんの目《め》があっては超能力《ちょうのうりょく》は使《つか》えない。千里眼《せんりがん》でさえ寄《よ》り目《め》がバレないよう、本来《ほんらい》の目《め》とパパッと切《き》り替《か》えながら使《つか》っていたのだから。えげつないぞ、眼精疲労《がんせいひろう》が。

「どのクラスもがんばってるね、出《だ》し物《もの》」

「ああ」

僕《ぼく》たちは校舎《こうしゃ》の三階《がい》を歩《ある》いていた。僕《ぼく》の巛《3》組《くみ》をふくめ、一年生《ねんせい》のクラスがある階《かい》だ。十《2》組《くみ》の『女装《じょそう》メイド喫茶《きっさ》』や『縁日《えんにち》』、『射的《しゃてき》』など、かなり繁盛《はんじょう》しているらしく、ろう下《か》を歩《ある》くことすらままならないほどだ。

特《とく》に、『射的《しゃてき》』は僕《ぼく》も見入《みい》るほど出来《でき》が良《よ》かった。各机《かくつくえ》にひとりずつ配《はい》された参加者《さんかしゃ》が、全員《ぜんいん》そろってモデルガンをかまえ、教壇《きょうだん》の標的《ひょうてき》を撃《う》っている。

標的《ひょうてき》のかっこうも面白《おもしろ》い。丸《まる》くて黄色《きいろ》い頭《あたま》。アカデミックドレスに三日月《みかづき》を添《そ》えたネクタイ。そして無数《むすう》の触手《しょくしゅ》。

……触手《しょくしゅ》？

なんだあの生物《せいぶつ》？

見《み》た目《め》も怪《あや》しいうえに、弾《たま》を全部《ぜんぶ》よけている。そもそも、この出《だ》し物《もの》はなんなんだ？

本当《ほんとう》に『射的《しゃてき》』か？

まるで『暗殺《あんさつ》の教室《きょうしつ》』といった感《かん》じだが……いや。こんな堂々《どうどう》と大人数《おおにんずう》で行《おこな》う暗殺《あんさつ》があるわけないか。

気《き》になったものの、のんびり見《み》ている時間《じかん》はない。早《はや》く窪谷須《くぼやす》のケンカを止《と》めなければ。

しかし照橋《てるはし》さんが……ジャマだ。

お化《ば》けやしきを怖《こわ》がって『やっぱり解散《かいさん》！』という流《なが》れならいいのだが……本人《ほんにん》にそんな気《き》はなさそうだ。

（お化《ば》けやしきでこれでもかというほど怖《こわ》がってあげるのよ！）

照橋《てるはし》さんの心《こころ》の声《こえ》。めちゃくちゃ乗《の》り気《き》だ。

（かわいくて優《やさ》しいカンペキな私《わたし》が、実《じつ》は怖《こわ》がり！　このギャップ萌《も》えっ！　お化《ば》けやしきで一回《いっかい》怖《こわ》がるごとに一おっふ、つまり出《で》てくる頃《ころ》には少《すく》なくても三十《さんじゅう》おっふは固《かた》いわね！）

かわいくて優《やさ》しい女《おんな》の子《こ》が怖《こわ》がりでも、それはギャップじゃないぞ、照橋《てるはし》さん。

それ、わりと普通《ふつう》。

などと思《おも》っているうちに、☆組《5くみ》のお化《ば》けやしきが見《み》えてきた。

窓一面《まどいちめん》に貼《は》られた紙《かみ》には、これでもかと真《ま》っ赤《か》な手形《てがた》が付《つ》いている。

「やだぁ。もはやここからちょっと怖《こわ》い……」

両手《りょうて》を口元《くちもと》にそえて『怖《こわ》がる美少女《びしょうじょ》』を演《えん》じる照橋《てるはし》さんだが、

（はい、これで八おっふ〜）

心《こころ》の中《なか》では早《はや》くも『おっふ』のカウントがはじまっていた。

もちろん、僕《ぼく》が『おっふ』するはずもない。

『おっふ』を期待《きたい》していた照橋《てるはし》さんは、僕《ぼく》の表情《ひょうじょう》をうかがったとたん、驚《おどろ》いて目《め》を見開《みひら》いた。

（真顔《まがお》っ!?　スンッってしてる！　スンッ、スンスンッってしてる！　どうして、こんなにかわいらしい私《わたし》を目《ま》の当《あ》たりにして、スンッってしていられるの？）

スンとしている僕《ぼく》を見《み》て、照橋《てるはし》さんがまた妄想《もうそう》をたくましくさせる。

（まさかっ!?　怖《こわ》がる私《わたし》をなんとか支《ささ》えるための修業《しゅぎょう》をしてきたの!?　廃墟《はいきょ》となった病院《びょういん》で三泊《ぱく》――）

彼女《かのじょ》の想像《そうぞう》の中《なか》で、僕《ぼく》はサビが浮《う》いたボロボロのベッドでガタガタふるえていた。

そんなベッドで寝《ね》るくらいなら、床《ゆか》で寝《ね》る。

（青山霊園《あおやまれいえん》のど真《ま》ん中《なか》で三泊《ぱく》――）

彼女《かのじょ》の想像《そうぞう》の中《なか》で、僕《ぼく》は青山霊園《あおやまれいえん》のど真《ま》ん中《なか》にテントをかまえ、中《なか》でガタガタふるえていた。

墓参《はかまい》りのジャマになることこの上《うえ》ない。

（稲川淳二《いながわじゅんじ》の家《いえ》で怖《こわ》い話《はなし》を二十四時間聞《にじゅうよじかんき》き続《つづ》けて五泊《はく》――）

彼女《かのじょ》の想像《そうぞう》の中《なか》で、僕《ぼく》は稲川淳二《いながわじゅんじ》と向《む》かい合《あ》い、

『じぃぃぃぃ……って扉《とびら》から入《はい》ってきた……三鈷杵《さんこしょ》で打《う》ち消《け》そうと思《おも》って、フッと――やろうとした瞬間《しゅんかん》、ゔゔゔゔゔ……！』

『ひぁぁぁぁ……』

鳥肌《とりはだ》の立《た》った二《に》の腕《うで》をガスガスこすりながら、稲川淳二《いながわじゅんじ》の雰囲気《ふんいき》にのまれ、ガタガタふるえていた。

というか、百二十時間《ひゃくにじゅうじかん》も怪談《かいだん》を語《かた》ってくれるのか。稲川淳二《いながわじゅんじ》。

（――そんな修業《しゅぎょう》を積《つ》んでこの私《わたし》を支《ささ》えようとしている!?　ありえるっ！）

修業《しゅぎょう》なんて生《う》まれてこの方《かた》、一度《いちど》もしたことないな。

(そうしてもはや、井戸《いど》から出《で》てくる例《れい》の奴《やつ》が『超《ちょう》ロン毛《げ》の白《しろ》い服着《ふくき》た女《おんな》』くらいにしか見《み》えない域《いき》にまで達《たっ》している!?　そんな神《かみ》の領域《りょういき》で私《わたし》を守《まも》ろうとしているっ!?　ありえるっ!)

井戸《いど》から出《で》てくる例《れい》の奴《やつ》も、僕《ぼく》を呪《のろ》おうとしたなら逆《ぎゃく》にビビり散《ち》らすことになるだろう。呪《のろ》いといっても所詮《しょせん》は超能力《ちょうのうりょく》。返《かえ》す方法《ほうほう》ならいくらでもある。

(守《まも》ってもらおうじゃないの、斉木《さいき》ィ……私《わたし》はお化《ば》けやしきにインしたとたんに、この上《うえ》ない怖《こわ》がりをくり出《だ》すわよォォ……)

怖《こわ》がりをくり出《だ》すってどういうことだ。

(そのときは思《おも》う存分《ぞんぶん》……私《わたし》を守《まも》るといいわ)

照橋《てるはし》さんがほくそ笑《え》みすぎて白目《しろめ》になっている。

お化《ば》けよりもその顔《かお》のほうが怖《こわ》い。

照橋《てるはし》さんはスッ――と真顔《まがお》に戻《もど》り、

「入《はい》ろうか?」

にこやかに言《い》った。

もう、『おっふ』って言《い》えば解放《かいほう》してくれるのかな……

あきらめるような気持《きも》ちで、お化《ば》けやしきに入《はい》ろうとしたとき。

「おっす！」

ろう下《か》の反対側《はんたいがわ》から燃堂《ねんどう》がやってきた。

相変《あいか》わらず読《よ》めない奴《やつ》だ。

「一緒《いっしょ》に入《はい》ろうぜ」

「あ、あれ？」

とまどう照橋《てるはし》さん。

「燃堂《ねんどう》くん、十《じゅっ》キロ走《はし》ったんじゃないの？」

「おう、走《はし》ってきたよ」

「疲《つか》れたでしょ？　少《すこ》し休《やす》んだ方《ほう》が……」

「お？　全然《ぜんぜん》疲《つか》れてねえよ？」

「タフゥウウウー」

あきれたというか驚《おどろ》いたというか、照橋《てるはし》さんがのけぞる。

「オレ、照橋《てるはし》さんとお化《ば》けやしき入《はい》って『おっふ』してえ」

「ええ？　う、うれしい」

白《しろ》い歯《は》を見《み》せる照橋《てるはし》さんだが、心《こころ》の中《なか》では――

(お前《まえ》、普通《ふつう》にろう下《か》で会《あ》ってもすぐ『おっふ』すんじゃん)

毒《どく》を吐《は》いていた。

しかし、今《いま》の反応《はんのう》でわかったことがある。燃堂《ねんどう》が一緒《いっしょ》なら、照橋《てるはし》さんはあまり楽《たの》しくない。つまり、すぐに解散《かいさん》になる。

よし、それでいこう。

「一緒《いっしょ》に入《はい》ろう、燃堂《ねんどう》」

「おうよ！　相棒《あいぼう》！」

照橋《てるはし》さんの笑顔《えがお》がぎこちなくなる。計画通《けいかくどお》りだ。

真《ま》っ先《さき》にお化《ば》けやしきの扉《とびら》をくぐろうとする燃堂《ねんどう》だが、ふと、照橋《てるはし》さんを見《み》つめてしまい、

「おっふ……あっ。入《はい》る前《まえ》に『おっふ』しちった」

ちょろすぎないか、燃堂《ねんどう》。

燃堂《ねんどう》は特《とく》に気《き》にしなかったようで、お化《ば》けやしきにずかずか入《はい》って行《い》く。

「くうううう、怖《こえ》ええええええ」

お化《ば》けやしきの中《なか》は迷路《めいろ》になっており、壁《かべ》は黒《くろ》い布《ぬの》でおおわれていた。

やぶけた提灯《ちょうちん》やお札《ふだ》、墓石《ぼせき》に卒塔婆《そとば》――内装《ないそう》もこっている。

しかし、僕《ぼく》にとってお化《ば》けやしきほど苦痛《くつう》なモノはない。

普通《ふつう》の人《ひと》にとってはおそるおそる進《すす》む迷路《めいろ》も、透視能力《とうしのうりょく》を持《も》つ僕《ぼく》にとっては変《へん》なかっこうで待《ま》っている奴《やつ》がぽつぽつ見《み》えるだけの狭《せま》い通路《つうろ》でしかない。それがなければもう少《すこ》し楽《たの》しめるんだろうがな。

燃堂《ねんどう》は……公言《こうげん》した通《とお》り照橋《てるはし》さんを見《み》て『おっふ』したいらしく、わざわざうしろ向《む》きに歩《ある》きながら角《かど》を曲《ま》がるたびに『おっふ』『おっふ』言《い》っていた。

そんな燃堂《ねんどう》にはかまわず、

「真《ま》っ暗《くら》〜〜。ええ〜、怖《こわ》ぁ〜〜い」

照橋《てるはし》さんは存分《ぞんぶん》に『怖《こわ》がる美少女《びしょうじょ》』を演《えん》じていた。

しかし案《あん》の定《じょう》、心《こころ》の中《なか》では——

(お化《ば》けやしきの恥《はじ》はかき捨《す》てとは、よく言《い》ったものね)

はじめて聞《き》いたぞ。

(ここで女子《じょし》の必殺技《ひっさつわざ》! 『怖《こわ》がりながらのしなだれかかり』を使《つか》えば、斉木《さいき》から一気《いっき》に五十《ごじゅう》おっふも夢《ゆめ》じゃないわ)

どうしてそこまで『おっふ』が欲《ほ》しい。ただ『おっふ』して欲《ほ》しいだけなら、さっきから燃堂《ねんどう》が連発《れんぱつ》してるじゃないか。

「おっふ……」

ほら、またした。

しかし、そんな燃堂《ねんどう》を徹底的《てっていてき》に無視《むし》して、照橋《てるはし》さんは壁《かべ》からぶら下《さ》がったマネキンの腕《うで》にビクつくフリをしていた。

「怖《こわ》～い……」

彼女《かのじょ》がわざとらしい弱音《よわね》を吐《は》いたとき。

「うわあああっ！」

第一《だい》のお化《ば》けが現《あらわ》れた。頭《あたま》に矢《や》が刺《さ》さったゾンビだ。

だが。

「っひ……」

ゾンビは先頭《せんとう》にいた燃堂《ねんどう》の顔《かお》を見《み》るなり、女《おんな》の子《こ》みたいな悲鳴《ひめい》をあげて卒倒《そっとう》した。

自分《じぶん》のせいだとは気付《きづ》かず、ぽかんとする燃堂《ねんどう》。

「お？　お化《ば》け倒《たお》れちまったよ」

（おいいいいいいいい!?）

照橋《てるはし》さんが心《こころ》の中《なか》でツッコむ。

（お前《まえ》が倒《たお》れたら怖《こわ》がりようがねえよぉ！）

内装《ないそう》でも見《み》て怖《こわ》がればいいんじゃないかな。そこに骨格標本《こっかくひょうほん》も置《お》かれていることだし。

「おい！　ここに小道具《こどうぐ》があるぞ！」

と、燃堂《ねんどう》がその骨格標本《こっかくひょうほん》の足下《あしもと》から、眼球《がんきゅう》が飛《と》び出《で》ているメガネや、三角《さんかく》の布《ぬの》を取《と》り出《だ》した。

「逆《ぎゃく》にこっちが怖《こわ》がらせて歩《ある》こうぜ！　おもしれえだろ？」

面白《おもしろ》いかどうかはさておき、照橋《てるはし》さんの心《こころ》を折《お》る手段《しゅだん》としては悪《わる》くない。

僕《ぼく》はだまって燃堂《ねんどう》から三角《さんかく》の布《ぬの》を受《う》け取《と》り、頭《あたま》に結《むす》びつけた。

ごていねいに血《ち》のりまで用意《ようい》されている。

血《ち》のりをぬりはじめた僕《ぼく》を見《み》て、照橋《てるはし》さんの心《こころ》が折《お》れていく。

（お化《ば》けがお前《まえ》らに怖《こわ》がっちゃったら、こっちはどう展開《てんかい》すればいいんだよ……）

内装《ないそう》でも見《み》て怖《こわ》がればいいんじゃないかな。

「ウィィィィィ」

燃堂《ねんどう》がおどろおどろしい声《こえ》をあげながら、どんどん先《さき》に進《すす》む。

お化《ば》けやしきの中《なか》で、お化《ば》けたちの悲鳴《ひめい》がこだました。


お化《ば》けやしきを出《で》たあと、ろう下《か》を歩《ある》いているとやけに人《ひと》から指《ゆび》をさされた。じっと見《み》られるどころか、クスクス笑《わら》いまで。

……お化《ば》けのメイクをしたままだった。

僕《ぼく》は顔中《かおじゅう》が血《ち》まみれのお化《ば》け、燃堂《ねんどう》は眼球《がんきゅう》が飛《と》び出《だ》したモヒカンだ。

どうしてくれる燃堂《ねんどう》。僕《ぼく》は目立《めだ》ちたくないんだ。

「もういいだろ。顔洗《かおあら》いに行《い》こう」

「おうよ、相棒《あいぼう》」

顔《かお》を洗《あら》いにトイレに向《む》かう。

さすがに照橋《てるはし》さんもトイレまでは入《はい》って来《こ》られないだろう。

予想通《よそうどお》り、ひとりろう下《か》に残《のこ》された照橋《てるはし》さんは、

「……燃堂《ねんどう》……ジャマすぎる……」

顔《かお》をしかめてつぶやいていた。

第《だい》四章《しょう》

鎮《しず》まれ！　斉《さい》木《き》楠《くす》雄《お》のΨ《サイ》難《なん》！

困《こま》ったことに、ちょっと水《みず》で湿《しめ》らせた程度《ていど》では血《ち》のりは落《お》ちなかった。

メガネを外《はず》し、何度《なんど》も顔《かお》を洗《あら》う。

急《いそ》がなければ……千里眼《せんりがん》を使《つか》うヒマがなかったせいで、窪谷須《くぼやす》の果《は》たし合《あ》いがどうなっているのか、まったくわからない。もしも松崎《まつざき》に目撃《もくげき》されていたら……

ようやく血《ち》のりの違和感《いわかん》が取《と》れたところで、顔《かお》をふいてメガネをかける。

が。

今度《こんど》はなぜか、メガネのほうに違和感《いわかん》があった。というか、よく見《み》えない。

メガネを外《はず》して確認《かくにん》すると――

「ん？　これは燃堂《ねんどう》がしてた……」

眼球《がんきゅう》が飛《と》び出《で》ているメガネだった。

それなら、僕《ぼく》のメガネはどこに？

「へっへ～、どうだ？」

燃堂《ねんどう》が僕《ぼく》のメガネをかけていた。

「似合《にあ》うだろ、相棒《あいぼう》」

やめろ。顔《かお》のサイズが合《あ》ってないせいで、メガネのつるがハの字《じ》になってるじゃないか。

「なにやってんだ。返《かえ》せ、バカ」

あきれながら燃堂《ねんどう》の顔《かお》からメガネを外《はず》そうとして、
あっ……

僕《ぼく》はあわてて顔《かお》をふせ、両手《りょうて》で目《め》をふさいだ。

しまった……っ！

おそるおそる、指《ゆび》のすき間《ま》から燃堂《ねんどう》を見《み》る。

……ダメか。

僕《ぼく》が普段《ふだん》かけているメガネ。あれは視力《しりょく》を矯正《きょうせい》するためのモノではなく、僕《ぼく》のとある能《のう》力《りょく》を封《ふう》じるためのもの。

僕《ぼく》と目《め》を合《あ》わせた生物《せいぶつ》は、みんな——石化《せきか》する。

燃堂《ねんどう》は石《いし》になっていた。

僕《ぼく》のメガネごと、カッチコチに。

世界一趣味《せかいいちしゅみ》の悪《わる》い石像《せきぞう》の完成《かんせい》……なんてあきれてる場合《ばあい》じゃないな。

この石化《せきか》を解《と》く方法《ほうほう》。まず最初《さいしょ》に思《おも》いつくのは、時間《じかん》を一日戻《にちもど》すこと。

しかし、それでは無理《むり》だ。

死《し》んだものは時間《じかん》を戻《もど》しても死《し》んだままだからだ。石化《せきか》した者《もの》は死者《ししゃ》も同然《どうぜん》。今《いま》の燃堂《ねんどう》は、死《し》んでいる状態《じょうたい》なのだ。一番簡単《いちばんかんたん》なのは待《ま》つこと。そう。石化《せきか》は丸一日《まるにち》で解《と》かれる。

しかし……しかしだ。

丸《まる》一日《にち》この状態《じょうたい》でどこに置《お》いておけばいいのか。

こんなものが置《お》いてあっても違和感《いわかん》のない場所《ばしょ》なんて……

……いや。あそこなら！


『絶対《ぜったい》に触《さわ》らないでください　DO《ドゥ》 NOT《ノット》 TOUCH《タッチ》!!』

そんなプレートを下《さ》げて、燃堂《ねんどう》の石像《せきぞう》は教室《きょうしつ》の真《ま》ん中《なか》にデンと置《お》かれていた。

燃堂像《ねんどうぞう》を囲《かこ》み、生徒《せいと》たちがヒソヒソと話《はな》す。

といっても、それは『気味《きみ》が悪《わる》い……』だとか『どうしてこんな所《ところ》に？』だなんて会話《かいわ》ではなく『よくこんなの見《み》つけたなぁ』という感想《かんそう》だった。

そう。燃堂像《ねんどうぞう》を置《お》いた教室《きょうしつ》とは、僕《ぼく》たち巛《3》組《くみ》の教室《きょうしつ》……

つまり『学校《がっこう》にあった面白《おもしろ》い石展《いしてん》』の会場《かいじょう》だ。

違和感《いわかん》……なし。むしろ、素晴《すば》らしい。

ここならどれだけ変《へん》な石《いし》があろうとも、学校《がっこう》にあった面白《おもしろ》い石《いし》だと思《おも》われるだけだ。まあ、燃堂《ねんどう》が石化《せきか》したのも学校《がっこう》の中《なか》だしな。ウソはついていない。

僕《ぼく》は感心《かんしん》する生徒《せいと》たちの様子《ようす》を、ろう下《か》からのぞき見《み》ていた。

もちろん、手《て》で目《め》を隠《かく》しながら。

さて。窪谷須《くぼやす》とヤンキーの果《は》たし合《あ》いだが……今《いま》はあいつらよりも、僕《ぼく》のほうがトラブルの根源《こんげん》になりつつある。先《さき》に新《あたら》しいメガネを用意《ようい》しなくては。

プルルルル……プルルルル……

僕《ぼく》は自宅《じたく》に電話《でんわ》をかけた。

「もしもし？」

母《はは》が電話《でんわ》に出《で》た。

「ああ、くーちゃん！　え？　メガネ？　なくなったの？　部屋《へや》に予備《よび》のがあるの？　捜《さが》せるかなぁ。ママが捜《さが》し物苦手《ものにがて》なの、知《し》ってるでしょ？　ああ、わかった……」

母《はは》が電話口《でんわぐち》からはなれる。

そして六秒後《びょうご》。

「ない！」

すぐさま電話《でんわ》がきられる。絶対捜《ぜったいさが》してない。きっと今頃《いまごろ》、母《はは》はテヘッと舌《した》でも出《だ》しているに違《ちが》いない。

電話《でんわ》をかけ直《なお》し、あらためて母《はは》に捜《さが》すよう念押《ねんお》しして、僕《ぼく》は階段《かいだん》に向《む》かっていた。

やれやれ。まさか高校生《こうこうせい》にもなって……というか、僕《ぼく》が母《はは》に捜《さが》し物《もの》を頼《たの》むことになるとはな。

しかし、こればかりはがんばって捜《さが》してもらわないと困《こま》る。

ついうっかり他《ほか》の生徒《せいと》とも目《め》を合《あ》わせたせいで、教室《きょうしつ》の石像《せきぞう》は三体《たい》に増《ふ》えていた。

燃堂《ねんどう》ｗ《ウ》ｉ《ィ》ｔ《ズ》ｈ生徒《せいと》Ａ《エー》、Ｂ《ビー》だ。

父《ちち》が家《いえ》にいればもっと上手《うま》くこき使《つか》え——もとい、もっと上手《うま》く捜《さが》してもらえるのだが。

なまじ母《はは》に頼《たの》んでしまったせいで、部屋《へや》に瞬間移動《しゅんかんいどう》することもできない。

捜《さが》し物《もの》をしている母《はは》と目《め》を合《あ》わせてしまう可能性《かのうせい》があるからな。

一日《にち》たてば元《もと》に戻《もど》るとはいえ、母《はは》を石像《せきぞう》にはしたくない。

今《いま》はとにかく一階《いっかい》を目指《めざ》し、校舎《こうしゃ》の外《そと》に出《で》て人気《ひとけ》のない場所《ばしょ》を探《さが》さなくては。

「おい斉木《さいき》！　どうし——」

ビシィ——ッ！

くっ……うしろから声《こえ》をかけられて、またひとり目《め》を合《あ》わせてしまった……。

クラスメートの石像《せきぞう》を、僕《ぼく》は『学校《がっこう》にあった面白《おもしろ》い石展《いしてん》』の会場《かいじょう》にテレポートさせた。

そのあと階段《かいだん》にたどり着《つ》くまで、うっかり石像《せきぞう》にしてしまった数《かず》——八体《はったい》。

すべて『学校《がっこう》にあった面白《おもしろ》い石展《いしてん》』にテレポートさせたものの、教室《きょうしつ》には燃堂《ねんどう》を中心《ちゅうしん》にダンスチームが組《く》めそうなほどの石像《せきぞう》が集《あつ》まっていた。いったいナニザイルだ。

階段《かいだん》の踊《おど》り場《ば》に差《さ》しかかったところで、

「きゃあ！　ゴキブリ！」

「ぎゃあああっ！」

ゴキブリと女子生徒《じょしせいと》の悲鳴《ひめい》に驚《おどろ》いて、また目《め》を合《あ》わせてしまった。

ビシィ――ン！　ピシャ――ン！

二体追加《たいついか》。彼女《かのじょ》たちも『学校《がっこう》にあった面白《おもしろ》い石展《いしてん》』に移動《いどう》させる。

石像《せきぞう》は着々《ちゃくちゃく》と増《ふ》え続《つづ》け、ついに『学校《がっこう》にあった面白《おもしろ》い石展《いしてん》』の見物客《けんぶつきゃく》は全員《ぜんいん》ろう下《か》に追《お》い出《だ》された。教室《きょうしつ》の中《なか》が石像《せきぞう》でパンパンになったせいだ。

やっと校舎《こうしゃ》から外《そと》に出《で》たものの、渡《わた》りろう下《か》で、

「あれ芸能人《げいのうじん》じゃね？」

「おーっ、すげぇ」

前方《ぜんぽう》から歩《ある》いて来《き》たふたり組《ぐみ》の声《こえ》に、つい反応《はんのう》して目《め》を合《あ》わせてしまった。

バシィ――ッ！　ビシィ――ッ！

……まただ。石像《せきぞう》二体追加《たいついか》。

教室《きょうしつ》の石像《せきぞう》は八十体《はちじゅったい》を超《こ》え、とうとう『学校《がっこう》にあった面白《おもしろ》い石展《いしてん》』の面白《おもしろ》い石《いし》の数《かず》より多《おお》くなってしまった。

古代中国《こだいちゅうごく》のヨロイを身《み》につけた石像《せきぞう》も交《ま》じっている。こんなやつ石化《せきか》させたっけ？

まあいい。早《はや》く……早《はや》く誰《だれ》とも会《あ》わない場所《ばしょ》を探《さが》さないと……

校舎《こうしゃ》の脇《わき》にある植《う》えこみの近《ちか》くを通《とお》ったとき。

「さあっ！」

イリュージョニスト、蝶野雨緑《ちょうのうりょく》の声《こえ》がした。

「イリュージョンをはじめますよぉ。さあぁ、なにが起《お》きるかあ……さあ。さあ」

まだやってたのか、イリュージョンツアー。

好奇心《こうきしん》に負《ま》けて指《ゆび》のすき間《ま》から見《み》てみると、蝶野《ちょうの》の周《まわ》りにはタネも仕《し》かけもなく、そもそもイリュージョンの道具《どうぐ》すらなかった。

いったいなにをするつもりなんだ？

もしやと思《おも》い、地面《じめん》を透視《とうし》してみると——蝶野《ちょうの》の足下《あしもと》にあるマンホールの中《なか》で、ジェシーがハシゴにつかまっていた。母親《ははおや》、がんばりすぎ……

「さあ……」

観客《かんきゃく》に視線《しせん》を向《む》けていた蝶野《ちょうの》が、僕《ぼく》も観客《かんきゃく》のひとりとカン違《ちが》いしたのか、目《め》を合《あ》わせようとしてくる。
まずい。僕《ぼく》は咄嗟《とっさ》に目《め》を背《そむ》けた。
ギリギリではあったが……大丈夫《だいじょうぶ》だ。まだ蝶野《ちょうの》の声《こえ》は聞《き》こえている。
冷《ひ》や汗《あせ》を額《ひたい》に感《かん》じながら、僕《ぼく》は先《さき》に進《すす》んだ。

ようやく人《ひと》のいなそうな場所《ばしょ》を見《み》つけ、僕《ぼく》は目《め》をふさいだまま走《はし》りだした。
そこは……体育館《たいいくかん》の準備室《じゅんびしつ》。
文化祭中《ぶんかさいちゅう》に準備室《じゅんびしつ》を使《つか》う生徒《せいと》はいないはずだ。ここならセーフティだろう。
準備室《じゅんびしつ》にかけこみ、鉄扉《てっぴ》を固《かた》く閉《し》める。
よし、ようやく一安心《ひとあんしん》。
ホッと息《いき》をついてふり向《む》くが——
「————!?」
僕《ぼく》はあわてて顔《かお》をそらした。
準備室《じゅんびしつ》の奥《おく》で……なぜか、照橋《てるはし》さんがしゃがみこんでいたのだ。

彼女《かのじょ》はきょとんとした表情《ひょうじょう》で立《た》ち上《あ》がった。

「どうして、ここに?」

こっちのセリフだ。

「いや……ちょっとした事情《じじょう》があって」

両手《りょうて》で目《め》をふさいだまま、そうこたえる。しかし、その仕草《しぐさ》を照橋《てるはし》さんは別《べつ》の事情《じじょう》とカン違《ちが》いしたらしい。

心《こころ》の中《なか》で——

(照《て》れている……レベル5《ファイブ》の照《て》れを見《み》せているわ! そうよ! だって、こんな密室《みっしつ》にふたりきりなんだもの)

照《て》れているわけじゃない……とはいえ、たしかにここは密室《みっしつ》だ。

こんな状況《じょうきょう》を、誰《だれ》かに見《み》られでもしたら……

「照橋《てるはし》さんこそ、どうしてこんなところに?」

僕《ぼく》がたずねると、照橋《てるはし》さんはあからさまに目《め》を泳《およ》がせた。

(ハッ! まずい! この作戦《さくせん》、バレたらすべてがパーだわ)

……作戦《さくせん》？

気《き》になった僕《ぼく》は、もっとよく照橋《てるはし》さんの心《こころ》を読《よ》もうとしたが、

「……ちょっと……ごった返《がえ》す人々《ひとびと》に、疲《つか》れてしまって……」

『人慣《ひとな》れしていない美少女《びしょうじょ》』を演《えん》じはじめた照橋《てるはし》さんの心《こころ》に、作戦《さくせん》とやらの情報《じょうほう》はなく、いかに上手《うま》く演《えん》じるかという思《おも》いでいっぱいになっていた。

まあいい。とにかく、今《いま》は彼女《かのじょ》に移動《いどう》してもらわないと。ここでふたりっきりでいるのはまずい。

「出《で》てってくれないか」

僕《ぼく》は単刀直入《たんとうちょくにゅう》に言《い》った。

「は？」

「頼《たの》む。出《で》て行《い》ってくれ」

「え？　どういうこと？」

上手《うま》い言《い》い訳《わけ》を思《おも》いつけないでいると、僕《ぼく》がなにか言《い》う前《まえ》に、照橋《てるはし》さんは勝手《かって》にカン違《ちが》いしたようだった。

（ハッ!?　突如《とつじょ》こんな少女漫画的《しょうじょまんがてき》な世界観《せかいかん》に押《お》しこまれて、緊張《きんちょう》のあまり心臓《しんぞう》が止《と》まりそうなの？　ありえるっ！）

僕《ぼく》の心臓《しんぞう》、ヤワすぎないか。

（ストロボ・エッジもアオハライドもオオカミ少女《しょうじょ》と黒王子《くろおうじ》もヒロイン失格《しっかく》も、読《よ》んでないものねぇ！　壁《かべ》ドンとかできるタイプじゃないものねぇ!?　そーゆーことなのねぇ！）

全然《ぜんぜん》そんなことじゃないが。

ちなみに僕《ぼく》が壁《かべ》ドンしたらその建物《たてもの》ごと破壊《はかい》することになる。少女漫画《しょうじょまんが》のストーリーが校舎《こうしゃ》の復旧《ふっきゅう》からはじまるぞ。

ともあれ。

結局《けっきょく》、体《からだ》の調子《ちょうし》が悪《わる》く、ひとりっきりで休《やす》みたいという無難《ぶなん》な理由《りゆう》で、照橋《てるはし》さんにはここから出《で》て行《い》ってもらうことにした。

「……わかった。大丈夫《だいじょうぶ》になったら電話《でんわ》してね」

照橋《てるはし》さんはあっさり出《で》て行《い》ってくれた。

鉄扉《てっぴ》を閉《し》め直《なお》し、あらためてホッと息《いき》をつく。

あとは……ここでメガネが来《く》るのを待《ま》つか。

——そう思《おも》ったのも束《つか》の間《ま》。

休《やす》む間《ま》もなく、窓《まど》の外《そと》からケンカの音《おと》が聞《き》こえてくる。

この音《おと》は……窪谷須《くぼやす》か！

考《かんが》えてみれば、窓《まど》の外《そと》は体育館裏《たいいくかんうら》だからな。ケンカをするにはうってつけだ。今《いま》は松崎《まつざき》にもバレていないようだが、この騒《さわ》ぎでは耳《みみ》に入《はい》るのも時間《じかん》の問題《もんだい》だろう。

外《そと》にいる窪谷須《くぼやす》と目《め》を合《あ》わせないよう、しゃがみながら窓《まど》に近《ちか》づき、のぞいてみると
——

……なんだこれは。

まず、ヤンキーが三人《にん》、ボロぞうきんみたいになって地面《じめん》に転《ころ》がっていた。

そして、赤《あか》いグラサンをかけたヤンキーが、窪谷須《くぼやす》に胸《むな》ぐらをつかまれ、吊《つる》し上《あ》げられている。

「窪谷須《くぼやす》。お前《まえ》、なにを……」

石化《せきか》させないようにしっかりと手《て》で顔《かお》をおおいながら、窓《まど》ごしに声《こえ》をかける。般若《はんにゃ》のよ

うな形相《ぎょうそう》に成《な》り果《は》てた、窪谷須《くぼやす》へと。

窪谷須《くぼやす》はどぎつい悪霊《あくりょう》が取《と》り憑《つ》いたゼンマイ人形《にんぎょう》のようにゆっくりとふり向《む》き、僕《ぼく》のほうを見《み》た。本当《ほんとう》に悪霊《あくりょう》が憑《つ》いていたなら、祓《はら》いに来《き》たお坊《ぼう》さんが愛想笑《あいそわら》いを浮《う》かべて逃《に》げ出《だ》しそうな、凄絶《せいぜつ》な目《め》だ。

そしてまた同《おな》じ動《うご》きで向《む》き直《なお》り、赤《あか》いグラサンをにらむ。

「……見《み》ての通《とお》り、高《たか》い高《たか》いだ」

「ウソつけ」

「せがまれた」

「ウソつけ」

赤《あか》いグラサンのヤンキー、お前《まえ》の腕《うで》をつかみながら泡《あわ》ふいてるぞ。

うん？　グラサンか……

あれを借《か》りれば、メガネを待《ま》つ必要《ひつよう》はなくなるな。

しかし……倒《たお》れているヤンキーたちのグラサンは、どれもこれもバッキバキに割《わ》れている。無事《ぶじ》なのは赤《あか》いグラサンだけだが……赤《あか》というのも趣味《しゅみ》が悪《わる》い。

まともに借《か》りられそうなメガネはひとつだけだった。

「窪谷須《くぼやす》。お前《まえ》のメガネ、貸《か》してくれ」

「え……？　これ？」

それだ。

「だってこれ……伊達《だて》じゃないから度《ど》が入《はい》ってるよ？　そしてかなり強《つよ》いよ？」

「そのほうが都合《つごう》がいい。早《はや》く」

「いや、無理《むり》だよぉ〜」

だだをこねる子供《こども》みたいに、窪谷須《くぼやす》が赤《あか》いグラサンのヤンキーをペッチーン！　と地面《じめん》に叩《たた》き付《つ》ける。

我慢《がまん》してくれ。どうせ目《め》が『3』になるだけだろ。

窪谷須《くぼやす》はしぶりにしぶっていたが、どうにかメガネを外《はず》してくれた。

その目《め》は——

『4』ッ!?

窪谷須《くぼやす》が『4』の目《め》のまま、手探《てさぐ》りで前《まえ》を確認《かくにん》しつつ窓際《まどぎわ》まで近寄《ちかよ》り、「はい」とメガネを差《さ》し出《だ》してきた。

というか、『4』の目《め》て。どうなってるんだ。近眼《きんがん》がきわまるとそうなるのか。

「なんも見《み》えなァーい！　あっ……なんも見《み》えなァーい……」

メガネを受《う》け取《と》ると、窪谷須《くぼやす》は両手《りょうて》を突《つ》き出《だ》してフラフラしはじめた。

借《か》りたメガネは……たしかに度《ど》がキツい。これなら僕《ぼく》と目《め》が合《あ》っても石化《せきか》する心配《しんぱい》はないだろう。

「ありがとう。時間《じかん》がない。なんとかしよう」

「時間《じかん》がない？」

ああ。そろそろ松崎《まつざき》がここに来《く》るだろうからな。

その前《まえ》に、倒《たお》れているヤンキーたちをどうにかしなければ……この惨状《さんじょう》を目撃《もくげき》されたら、間違《まちが》いなく来年《らいねん》から文化祭《ぶんかさい》はなしだ。

僕《ぼく》は窓《まど》の外《そと》の惨事《さんじ》を片付《かたづ》けるべく、窪谷須《くぼやす》の隣《となり》に瞬間移動《しゅんかんいどう》した。

ビクリッ、と窪谷須《くぼやす》が後退《あとずさ》る。

「おっ……今《いま》、突然現《とつぜんあらわ》れなかった？」

「気《き》のせいじゃないか？　それよりも、だいぶ強《つよ》めの近眼《きんがん》なんだな」

「お、おお」

僕《ぼく》は倒《たお》れているヤンキーたちに手《て》をかざすと、ちょっとした『おまじない』をかけてやった。

そのとたん、ヤンキーたちが元気《げんき》よく起《お》きあがる。

「おおお、覚《おぼ》えてろよォ、おまえェ！」

赤《あか》いグラサンのヤンキーが捨《す》てゼリフを吐《は》き、舎弟共々《しゃていともども》逃《に》げていく。

『覚《おぼ》えてろ』ってドラマ以外《いがい》でも言《い》うんだな。

窪谷須《くぼやす》にその光景《こうけい》は見《み》えなかったようだが、捨《す》てゼリフからヤンキーたちが逃《に》げたのを察《さっ》したらしい。

「なにしたの？　今《いま》」

あんなにボロボロだったヤンキーが、一瞬《いっしゅん》で元気《げんき》になる……疑問《ぎもん》に思《おも》うのは当然《とうぜん》だ。

『おまじない』とは言《い》ったが、どちらかといえば『お呪《まじな》い』に近《ちか》いかもしれない。僕《ぼく》がヤンキーたちに施《ほどこ》したのは『復元能力《ふくげんのうりょく》』――奴《やつ》らの体力《たいりょく》を一日戻《にちもど》したのだ。明日《あした》のこの時間《じかん》、奴《やつ》らはボコボコにされた状態《じょうたい》に突如《とつじょ》戻《もど》ることになる。

もちろん、超能力《ちょうのうりょく》のことを一般人《パンピー》に説明《せつめい》するつもりはない。

僕《ぼく》はだんまりを決《き》めこんだが、窪谷須《くぼやす》はよほど気《き》になるらしく、

「なにしたんだエエーイッ!?」

よりによって僕《ぼく》にすごんできた。

しかも顔《かお》が近《ちか》い。近眼《きんがん》なせいか、それともメンチをきるときはその距離《きょり》と決《き》めているのか。僕《ぼく》のほおに、窪谷須《くぼやす》の鼻《はな》がつきそうな距離《きょり》だ。

「こっちのセリフだ。ケンカはやめてくれ。問題《もんだい》になる」

ドキリとのけぞり――

窪谷須《くぼやす》の表情《ひょうじょう》が、般若《はんにゃ》のような形相《ぎょうそう》から、いつもの優等生風《ゆうとうせいふう》の顔《かお》に戻《もど》った。

「けっ……ケンカなんかしてないよ」

はなれていた距離《きょり》を再《ふた》びつめて、窪谷須《くぼやす》が顔《かお》を近《ちか》づけ――さらに手《て》を肩《かた》にかけてきた。

なれなれしいな。ちょっと釘《くぎ》を刺《さ》しといてやるか。

「僕《ぼく》はすべて知《し》ってる。お前《まえ》が前《まえ》の学校《がっこう》で超絶《ちょうぜつ》ヤンキーだったこともな。しかしそれを他《ほか》

に話《はな》したりしない。安心《あんしん》しろ」

あわあわと、窪谷須《くぼやす》が目《め》を丸《まる》くした。

わかりやすくて面白《おもしろ》いな、お前《まえ》の反応《はんのう》。

「ぼ、僕《ぼく》はヤンキーなんかじゃないよぉ」

今度《こんど》は両手《りょうて》を首《くび》に回《まわ》してきた。というか抱《だ》きつかれた。

そして顔《かお》が近《ちか》い。息《いき》が届《とど》いてるぞ。

「あぁ、ゴメンね、近《ちか》くて」

自覚《じかく》はあったらしく、窪谷須《くぼやす》がちょっとはなれる。

ほんのちょっとだ。相変《あいか》わらず顔《かお》は近《ちか》いまま……近眼《きんがん》のせいか？

「だってさ、あれだよ。さっきだってさ、みんな、あの、おしくらまんじゅうして、あの、ちょっとしたトラブルになっただけだし、僕《ぼく》は本当《ほんとう》に、あの、ごく普通《ふつう》の高校生《こうこうせい》さ」

なおもとぼけて、おでこをゴリゴリと僕《ぼく》のほおにすりつけてきた。

止《や》めてくれ。お前《まえ》の頭《あたま》でメガネがズレる。

「だって、あれだよ。将来《しょうらい》の夢《ゆめ》だって、好《す》きな女《おんな》の子《こ》と、高校卒業《こうこうそつぎょう》してすぐ結婚《けっこん》してさ。

んで、おんぼろアパートで猫飼《ねこか》って暮《く》らす。あっ、僕《ぼく》はトラックの運転手《うんてんしゅ》」

典型《てんけい》だぞ。ヤンキーの。

あと、顔《かお》が近《ちか》い。ついでにほおをもむのを止《や》めろ。

お前《まえ》もう、近眼《きんがん》とか関係《かんけい》なくなってるからな。

「でえ、週末《しゅうまつ》はァ、おそろいのスウェットでドンキに買《か》い物行《ものい》ってさ。子供《こども》が生《う》まれたらァ、軽自動車《けいじどうしゃ》買《か》って……でえ、ダッシュボードにムートンしいて、ハンドルはヒョウ柄《がら》。

あっ、もちろん土禁《どきん》だよ？」

うん。典型中《てんけいちゅう》の典型《てんけい》な。

そしてなぜほおをもみ続《つづ》ける？　手《て》ざわりが気《き》に入《い》ったのか？

「子供《こども》の髪形《かみがた》は……早《はや》めにえり足伸《あしの》ばしてェ……でぇ……名前《なまえ》は……」

窪谷須《くぼやす》が僕《ぼく》の左腕《ひだりうで》に背中《せなか》をすりつけてくる。猫《ねこ》か。

「……亜駆亜《アクア》」

ずいぶん輝《かがや》かしいな。

「女《おんな》ならァ……海《うみ》と書《か》いて…………」

たっぷり十秒《じゅうびょう》、窪谷須《くぼやす》は言葉《ことば》をためて——

「海《マリン》」

ふたりそろったらアクアマリン。

「そんな僕《ぼく》がどうしてヤンキーなんだよぉ！　絶対《ぜったい》にケンカなんかするもんか！　するもんかっ！　みのもんたっ！」

おどけたつもりなのか、窪谷須《くぼやす》が再《ふたた》び両手《りょうて》を首《くび》に回《まわ》し、抱《だ》きついてくる。

イヤなタイミングというのは重《かさ》なるものだ。

窪谷須《くぼやす》が抱《だ》きついてきた、ちょうどそのタイミングで——

松崎《まつざき》がやって来《き》た。最悪《さいあく》だ。

「お前《まえ》ら、なにしてんだ」

別《べつ》になにも……

こいつが勝手《かって》に抱《だ》きついてきただけだ。

しかし、体育館裏《たいいくかんうら》という人気《ひとけ》のない場所《ばしょ》がまずかったのか……

松崎《まつざき》はハッと顔《かお》を険《けわ》しくして、

「男同士《おとこどうし》で変《へん》なことしても、不純異性交遊《ふじゅんいせいこうゆう》だからなあッ!!」

しねえよ。

険《けわ》しい顔《かお》のまま、松崎《まつざき》が去《さ》って行《い》く。

そして、窪谷須《くぼやす》は——

目《め》を糸《いと》みたいに細《ほそ》めて、ひょうきんな顔《かお》になっていた。

「そんな顔《かお》するな。またケンカ売《う》られるぞ」

「しし、仕方《しかた》ないだろ。目《め》が悪《わる》いんだから」

「すまん。メガネはあとで返《かえ》す」

僕《ぼく》は窪谷須《くぼやす》を残《のこ》し、体育館裏《たいいくかんうら》をあとにした。

これ以上密着《いじょうみっちゃく》されて、変《へん》なウワサを立《た》てられたら困《こま》るからな。

☆

僕《ぼく》は再《ふたた》び校舎《こうしゃ》に戻《もど》っていた。

石像《せきぞう》でギチギチになった教室《きょうしつ》の様子《ようす》を見《み》に行《い》くために。

……待《ま》てよ？

階段《かいだん》を上《のぼ》りきったところで、ふと気付《きづ》く。

メガネが手《て》に入《はい》ったということは、『アポート』できるかもしれないな……

アポートとは、遠《とお》くのモノを手元《てもと》に引《ひ》き寄《よ》せる能力《のうりょく》だ。

これを使《つか》えば、自室《じしつ》にあるメガネを手《て》に入《い》れることができる。

しかし、この能力《のうりょく》には代償《だいしょう》がある。

引《ひ》き寄《よ》せたいモノと『同価値《どうかち》』のモノを、代《か》わりに送《おく》らなければならないのだ。

窪谷須《くぼやす》のメガネを手《て》に取《と》り、まじまじと見《み》てみたが……そこまで値《ね》が張《は》る代物《しろもの》とは思《おも》えない。僕《ぼく》のメガネともつり合《あ》うだろう。

「アポート」

試《ため》してみると、手《て》のひらから窪谷須《くぼやす》のメガネが消《き》えて、代《か》わりに僕《ぼく》のメガネが現《あらわ》れた。

よし。

すまんな、窪谷須《くぼやす》。お前《まえ》のメガネはあとで回収《かいしゅう》するから。

教室《きょうしつ》に戻《もど》ってみると、予想以上《よそういじょう》にギチギチだったが……誰《だれ》かが騒《さわ》いだり、石像《せきぞう》を壊《こわ》そうとしている様子《ようす》はない。

大丈夫《だいじょうぶ》だ。問題《もんだい》の火種《ひだね》は感《かん》じなくなった。

これでやっと一安心《ひとあんしん》……

そう胸《むね》をなで下《お》ろすと、教室《きょうしつ》から照橋《てるはし》さんが出《で》てきた。石像《せきぞう》を見《み》ていたんだろうか。

「体《からだ》、大丈夫《だいじょうぶ》？」

そうだった。体調《たいちょう》が悪《わる》いことにして体育準備室《たいいくじゅんびしつ》から追《お》い出《だ》したんだった。

「ああ。おかげさまで」

照橋《てるはし》さんは軽《かる》く笑《え》みを浮《う》かべると、

「上級生《じょうきゅうせい》のクラスで、フィーリングカップルやってるんだけど……」

また別《べつ》の出《だ》し物《もの》に誘《さそ》ってきた。

冗談《じょうだん》じゃない。

そんなところで照橋《てるはし》さんとカップルにでもなったら、目立《めだ》って仕方《しかた》がない。

「いや、僕《ぼく》はブラブラ……」

適当《てきとう》にあしらおうとしたところで。

ろう下《か》の向《む》こうから、大勢《おおぜい》の足音《あしおと》と叫《さけ》び声《ごえ》がした。

「「「オオオオオォオォオオォォオオオォォォオオォォオオ‼」」」

こっちに近《ちか》づいてくる。

ろう下《か》を曲《ま》がって姿《すがた》を見《み》せたのは、ハチマキに、ピンクのはっぴを着《き》た集団《しゅうだん》――

ここみんズッ！

面倒《めんどう》だ……。

ろう下《か》の人《ひと》だかりを押《お》しやり、ここみんズが僕《ぼく》と照橋《てるはし》さんの前《まえ》に集結《しゅうけつ》する。

集団《しゅうだん》の中《なか》からひとり、ハチマキに『心美《ここみ》♥ＬＯＶＥ《ラブ》』と書《か》いた男《おとこ》が出《で》てきた。総会長《そうかいちょう》を務《つと》める男《おとこ》だ。

「ここみんズ、鉄《てつ》のおきてェエ！　照橋心美様《てるはしここみさま》に近《ちか》づく者《もの》は、すべて排除《はいじょ》するゥ！」

「「「排除《はいじょ》するゥウゥ！」」」

他《ほか》のメンバーも拳《こぶし》をふり上《あ》げ、声《こえ》を合《あ》わせる。

近《ちか》づいてなんていない。近《ちか》づかれているだけだ。

「斉木《さいき》ぃぃ……この文化祭《ぶんかさい》で、心美様《ここみさま》とずいぶん仲良《なかよ》くしているそうだなぁ？　我々《われわれ》はそれがとても憎《にく》いっ！」

「「「憎《にく》い憎《にく》いッ！」」」

すがすがしいほどの逆恨《さかうら》みだ。

総会長《そうかいちょう》が下《さ》がり、別《べつ》のメンバー――ハチマキに『I♥照橋《アイラブてるはし》』と書《か》いた男《おとこ》――が前《まえ》に出《で》て来《く》る。

「斉木《さいき》、これがなにかわかるか？」

『I♥照橋《アイラブてるはし》』が包帯《ほうたい》でグルグル巻《ま》きになった右手《みぎて》を見《み》せつけてくる。

なんだ。海藤《かいとう》と同《おな》じ中二病《ちゅうにびょう》か？

「入学式《にゅうがくしき》のとき、偶然《ぐうぜん》にも心美様《ここみさま》の隣《となり》に座《すわ》り、握手《あくしゅ》をしてもらった！　それ以来《いらい》この手《て》は一度《いちど》も洗《あら》っていないぃぃぃ！」

きたねえよ。

「風呂《ふろ》のときも、トイレのときも、水《みず》に濡《ぬ》れないようにこうして保護《ほご》しているのだ！」

だからきたねえよ。

「スンッ――ハァ……スンッ――心美様《ここみさま》の香《かお》り……」

洗《あら》ってないお前《まえ》の臭《にお》いだよ。

『I♥照橋《アイラブてるはし》』が下《さ》がり、代《か》わって『心美♥命《ここみいのち》』の男《おとこ》が前《まえ》に出《で》て来《く》る。

「斉木《さいき》ィ……これを見《み》ろ！」

『心美♥命《ここみいのち》』がはっぴと制服《せいふく》を脱《ぬ》いで、背中《せなか》を見《み》せつけてくる。

そこにはハチマキと同《おな》じ、『心美命《ここみいのち》』というタトゥーがほられていた。ごていねいに、『命《いのち》』の左下《ひだりした》の□は♡マークにアレンジされ、キューピッドのモノらしき矢《や》まで刺《さ》さっている。

お前《まえ》、プールの授業受《じゅぎょうう》けられないじゃん。

「これがなんだかわかるか。心美様《ここみさま》への思《おも》いが強《つよ》すぎて、気《き》がついたら背中《せなか》にこの文字《もじ》が……浮《う》かび上《あ》がっていたんだ」

ウソをつくんじゃない。

『心美♥命《ここみいのち》』がうしろに下《さ》がり、タイミングを見計《みはか》らっていた総会長《そうかいちょう》が低《ひく》い声《こえ》でつぶやく。

「そういうわけで、お前《まえ》を粛清《しゅくせい》する……斉木《さいき》ィィィ！」

「「「ウオオオォォォォォォ！」」」

再《ふたた》びここみんズが拳《こぶし》をふり上《あ》げ、おたけびをあげる。まるで現代《げんだい》の魔女裁判《まじょさいばん》だな。

「う、うれしいです！」

事《こと》の成《な》り行《ゆ》きを見守《みまも》っていた照橋《てるはし》さんが、僕《ぼく》とここみんズの間《あいだ》に立《た》ちふさがった。

「皆《みな》さんの、私《わたし》に対《たい》する愛《あい》、とってもうれしいです。だけど……」

そこで言葉《ことば》につまった照橋《てるはし》さんは、

「斉木《さいき》くん、逃《に》げよう！」

僕《ぼく》の手《て》をつかみ、走《はし》り出《だ》した。

「「「ウオオオォォォオォオオォオォォォ!!」」」

そんな逃避行《とうひこう》をだまって見過《みす》ごすつもりはないらしく、ここみんズも奇声《きせい》をあげて追《お》いかけて来《く》る。

……うん。なんというか、少女漫画《しょうじょまんが》な展開《てんかい》だ。

普通《ふつう》、女《おんな》の子《こ》は手《て》を引《ひ》かれる側《がわ》だと思《おも》うけどな。

照橋《てるはし》さんに引《ひ》っ張《ぱ》られるがまま、たどり着《つ》いたのは――体育館《たいいくかん》だった。

そのまま立《た》ち止《ど》まることなく、準備室《じゅんびしつ》まで手《て》を引《ひ》かれる。

照橋《てるはし》さんが急《いそ》いで右《みぎ》の鉄扉《てっぴ》を閉《し》めたため、なんとなしに、僕《ぼく》も左《ひだり》の鉄扉《てっぴ》を閉《し》めた。

「ハァハァ……ここなら安全《あんぜん》ね」

ここ、さっき来《き》た……

照橋《てるはし》さんが荒《あら》くなった息《いき》を整《ととの》えながら、

「さすがに、ここまでは追《お》ってこない」

僕《ぼく》に見《み》えないよう、こっそりスマホに触《ふ》れた。

それと同時《どうじ》に――僕《ぼく》の耳《みみ》がなにかをとらえる。

「今《いま》、音《おと》がしなかった？」

なんというか、外《そと》で待機《たいき》していたここみんズがカギ穴《あな》に接着剤《せっちゃくざい》を流《なが》しこんだような音《おと》が。

「えっ？」

照橋《てるはし》さんが首《くび》をかしげ、鉄扉《てっぴ》に手《て》をかけるが……どれだけ引《ひ》いても、鉄扉《てっぴ》はビクともしなかった。

「えっ!?　やだ……開《あ》かない！　ここって……自動《じどう》ロックだったのね？」

中《なか》から開《あ》かない自動《じどう》ロックなんて聞《き》いたことないけどな。

「まずいわ。完全《かんぜん》に孤立《こりつ》してしまった……」

どことなく演技《えんぎ》がかった声《こえ》で言《い》って、照橋《てるはし》さんは心細《こころぼそ》そうに天井《てんじょう》を見上《みあ》げた。

照橋《てるはし》さんが体育準備室《たいいくじゅんびしつ》から脱出《だっしゅつ》する方法《ほうほう》を探《さが》しはじめたため、僕《ぼく》は今《いま》のうちに周《まわ》りの状《じょう》況《きょう》を確認《かくにん》しておくことにした。

といっても、燃堂《ねんどう》は石像《せきぞう》になり、灰呂《ハイロ》は天誅《てんちゅう》のカンチョーから回復《かいふく》しきっていない。窪《くぼ》谷須《やす》はメガネがなくてフラフラしているだけ……

見《み》るべき人物《じんぶつ》はひとりしかいない。海藤《かいとう》だ。


「フフフフフ……」

海藤《かいとう》は不敵《ふてき》に笑《わら》いながら、薄暗《うすぐら》いろう下《か》を歩《ある》いていた。ここは……ダークリユニオンのアジトに向《む》かうとき、案内《あんない》されていたろう下《か》か。

で、なんなんだ。それは。

海藤《かいとう》は投網《とあみ》漁《りょう》の漁師《りょうし》みたいに、大《おお》きな網《あみ》をかついでいた。網《あみ》の中《なか》には、色取《いろと》り取《ど》りのボウリングのボールが七《なな》つ。どのボールにも『ダークリユニオンを倒《たお》す玉《たま》』と白《しろ》いペンで書《か》かれている。

お前《まえ》、よく集《あつ》めたな。七《なな》つも……

さすがに七《なな》つのボウリングのボールを抱《かか》えることはできないらしく、ゴロゴロと引《ひ》きずりながら、海藤《かいとう》はろう下《か》を進《すす》んでいた。

肩《かた》に食《く》いこむ網《あみ》の位置《いち》を直《なお》し、おでこの汗《あせ》をぬぐい、一歩《いっぽ》一歩《いっぽ》を踏《ふ》みしめて海藤《かいとう》は進《すす》んでいた。

「よいしょっ……フフフフフフ」

手《て》に巻《ま》いた包帯《ほうたい》で汗《あせ》をぬぐっているせいで、ちょっと包帯《ほうたい》の色《いろ》が濃《こ》くなっているが……

とにかく海藤《かいとう》は進《すす》んでいた。

海藤《かいとう》はがんばってボウリングのボールを運《はこ》んでいるようだが……

目的地《もくてきち》のダークリユニオンのアジトでは、黒装束《くろしょうぞく》の男《おとこ》たちがどいつもこいつも頭《あたま》のフードを外《はず》し、だらけていた。床《ゆか》に座《すわ》りこんで爪《つめ》をいじったり、居眠《いねむ》りしたり……

あの月光蝶《げっこうちょう》の瞳《ひとみ》すらも、専用《せんよう》のライトを浴《あ》びながら、床《ゆか》に寝《ね》そべって脚《あし》をぶらぶらさせている。

おい。シャキッとしろ、シャキッと。もうじき海藤《かいとう》がやって来《く》るぞ。

ゴロゴロゴロ……

ほら来《き》た。

アジトに海藤《かいとう》が入《はい》って来《く》るや否《いな》や、全員《ぜんいん》がフードをかぶり直《なお》し、すみやかに定位置《ていいち》に戻《もど》っていく。

「フフフフフ……」

彼《かれ》らのだらけた姿《すがた》は目《め》に入《はい》らなかったらしく、海藤《かいとう》は得意気《とくいげ》に笑《わら》っていた。

「フフ……ッフゥ……フフ……ハア……」

ちょっと息《いき》をきらしつつ笑《わら》っていた。

そのままゼェゼェと肩《かた》で息《いき》をしながら、

「お前《まえ》らの弱点《じゃくてん》……この……ダークリユニオンの……弱点《じゃくてん》の玉《たま》っ！　とうとう七《なな》つ集《あつ》めたぜっ！」

「「ひぃえええええええぇぇ！」」

黒装束《くろしょうぞく》の男《おとこ》たちが、へっぴり腰《ごし》で海藤《かいとう》から遠《とお》ざかった。

月光蝶《げっこうちょう》の瞳《ひとみ》もおびえた様子《ようす》で、

「それを！　それを我々《われわれ》に向《む》けられたら！　我々《われわれ》は黒《くろ》い煙《けむり》と化《か》してしまう！　やめてくれ！　我々《われわれ》はまだ、計画《けいかく》の途中《とちゅう》なんだ！」

両手《りょうて》を前《まえ》に突《つ》き出《だ》し、命《いのち》ごいをする。

「そうはいかねえ」

せっかく集《あつ》めたんだ。容赦《ようしゃ》なく向《む》けてやれ。

まあ、自分《じぶん》たちで弱点《じゃくてん》をバラしたんだ。黒《くろ》い煙《けむり》とやらにされても文句《もんく》は言《い》えないだろう。

これで海藤《かいとう》の問題《もんだい》も解決《かいけつ》。どうにか無事《ぶじ》、文化祭《ぶんかさい》を終《お》えられそう――

……なんだ？

僕《ぼく》のテレパシーが新《あら》たな問題《もんだい》の火種《ひだね》を感《かん》じ取《と》った。どういうことだ。もう問題《もんだい》を起《お》こしそうな奴《やつ》なんて、この学校《がっこう》にはいないはず……いったい、誰《だれ》が……？

問題《もんだい》の火種《ひだね》はＰＫ《ピーケー》学園《がくえん》ではなく、外《そと》――街《まち》の中《なか》にあった。

千里眼《せんりがん》を街《まち》に向《む》けた僕《ぼく》は、思《おも》わずうめいた。

なんだ、こいつらは……

道路《どうろ》を埋《う》めつくすように、大勢《おおぜい》の人間《にんげん》がＰＫ《ピーケー》学園《がくえん》に向《む》かっていた。

全員《ぜんいん》がコワモテで、ビリビリと殺気立《さっきだ》っている。ほとんどの者《もの》が、鉄《てつ》パイプ、木刀《ぼくとう》、バットなど、物騒《ぶっそう》な武器《ぶき》を手《て》にしていた。

他校《たこう》から集《あつ》まってきたヤンキーたちか……？

先頭《せんとう》にいるのは白《しろ》いジャージを着《き》た男《おとこ》。その隣《となり》には、窪谷須《くぼやす》に高《たか》い高《たか》いされていた赤《あか》いグラサンの姿《すがた》も……そうか。こいつが仲間《なかま》を呼《よ》んだのか。

誰《だれ》も口《くち》を利《き》かず、足音《あしおと》だけを重《おも》く響《ひび》かせながら、彼《かれ》らはＰＫ《ピーケー》学園《がくえん》に近《ちか》づいてきていた。

まずいな。これはトラブルなんてかわいいもんじゃない。大事件《だいじけん》だ。

今《いま》すぐ瞬間移動《しゅんかんいどう》して、ヤンキーたちの記憶《きおく》を全部飛《ぜんぶと》ばしてやりたいが……

体育準備室《たいいくじゅんびしつ》では照橋《てるはし》さんが歯《は》を食《く》いしばり、必死《ひっし》な形相《ぎょうそう》で、ビクともしない窓《まど》を叩《たた》いていた。彼女《かのじょ》がこっちを向《む》いていない今《いま》なら、超能力《ちょうのうりょく》を使《つか》うこともできるが……僕《ぼく》が密室《みっしつ》の中《なか》からふいに消《き》えてしまったら、それもまた大事件《だいじけん》だ。

ヤンキーの襲撃《しゅうげき》を知《し》れば、照橋《てるはし》さんも演技ではなく、本気であわて出《だ》すかもしれないが。

そう。今《いま》の照橋《てるはし》さんの必死顔《ひっしがお》は、ただの演技《えんぎ》だ。

彼女《かのじょ》の本心《ほんしん》は――

（またもふたりきりになって、心臓《しんぞう》が飛《と》び出《で》そうになっているのね、斉木《さいき》ィ？　実《じつ》はこれが周到《しゅうとう》な計画《けいかく》だとも知《し》らずに……

とにかく私《わたし》はこの文化祭《ぶんかさい》であなたがひとりぼっちになる用意《ようい》を周到《しゅうとう》にした。

まず、ここみんズのメンバーを使《つか》って海藤《かいとう》のバカがずっと言《い》っているダークリユニオンを組織《そしき》！　海藤《かいとう》を呼《よ》び出《だ》し、ドラゴンボールごっこをさせる。

灰呂《ハイロ》にはマラソン大会《たいかい》をけしかけた。そしてバテさせた。

燃堂《ねんどう》もここでバテなかったのは計算外《けいさんがい》だけど、なぜか不意《ふい》に消《き》えてくれた。

窪谷須《くぼやす》には他校《たこう》のヤンキーと衝突《しょうとつ》するように果《は》たし状《じょう》を仕《し》こんだ。

アーッハッハッハ！　そして最後《さいご》に、ここみんズに斉木《さいき》を粛清《しゅくせい》するフリをさせてここまで逃《に》げこみ、ドアを最強《さいきょう》の接着剤《せっちゃくざい》でロック！　さらに窓《まど》も最強《さいきょう》の接着剤《せっちゃくざい》でロォーック！　さらにはガラスを最強《さいきょう》の防弾《ぼうだん》ガラスに変《か》えておいたのよ。

仕《し》こみ中《ちゅう》に斉木《さいき》に見《み》られたのは計算外《けいさんがい》だったけど、斉木《さいき》がドキドキしてくれて何事《なにごと》もなかったことになったわ！　ここまでまんまと計画《けいかく》がはまるとはね！

さあ、この少女漫画《しょうじょまんが》の典型《てんけい》シチュエーションで、一気《いっき》に百《ひゃく》おっふいただくわっ！）

犯人《はんにん》の独白《どくはく》、心《こころ》の声《こえ》でお届《とど》けするのは確実《かくじつ》に業界初《ぎょうかいはつ》だろう。

接着剤《せっちゃくざい》で固《かた》めた扉《とびら》も、防弾《ぼうだん》ガラスも簡単《かんたん》に壊《こわ》すことができるが、彼女《かのじょ》の前《まえ》でそれをすることはできない。

さて、どうしたものか。照橋《てるはし》さんは『涙目《なみだめ》になった美少女《びしょうじょ》』を演《えん》じるために目薬《めぐすり》を点《さ》し出《だ》したし……

「ぐすんっ、どこにも……出口《でぐち》がない……どうしよう？」

上目遣《うわめづか》いに僕《ぼく》を見《み》ながら、照橋《てるはし》さんは準備室《じゅんびしつ》の壁際《かべぎわ》に置《お》かれていたマットレスに腰《こし》かけ、めそめそとたれた目薬《めぐすり》を手《て》でぬぐいはじめた。

正直《しょうじき》に超能力《ちょうのうりょく》のことを話《はな》して、ここから出《で》るか？

いや……

まずいな。一手遅《いってお》れてしまった。


「オラオラァァ！」

「うらァ〜〜ッ！」

「しゃあコラァ——ッ!!」

PK《ピーケー》学園《がくえん》の校門《こうもん》で、ヤンキーたちの恫喝《どうかつ》が響《ひび》き渡《わた》った。

その声《こえ》にふり向《む》き、そしてヤンキーの集団《しゅうだん》を目《ま》の当《あ》たりにした生徒《せいと》たちが悲鳴《ひめい》をあげ、クモの子《こ》を散《ち》らすように逃《に》げて行《い》く。

「窪谷須《くぼやす》はいるかァァァ！」

周《まわ》りのヤンキーたちの声《こえ》よりいっそう大《おお》きな声《こえ》で、白《しろ》いジャージの男《おとこ》が叫《さけ》ぶ。

「窪谷須《くぼやす》はあああァァァ!?」

騒《さわ》ぎを聞《き》きつけ、竹刀《しない》を持《も》った松崎《まつざき》がかけつけた。

「窪谷須《くぼやす》はいるが、あいつは単《たん》なる優等生《ゆうとうせい》で、君《きみ》たちの恨《うら》みを買《か》うような生徒《せいと》ではない！」

「窪谷須《くぼやす》に俺《おれ》らの仲間《なかま》がやられたんだよ」

白《しろ》いジャージが、隣《となり》にいる赤《あか》いグラサンを顎《あご》で示《しめ》す。

「そんなはずはないっ！　窪谷須《くぼやす》はメガネをかけたとても大人《おとな》しい生徒《せいと》で――」

「そこかぁ！」

松崎《まつざき》の言葉《ことば》をさえぎって、白《しろ》いジャージがうしろを指《ゆび》さした。

松崎《まつざき》が肩《かた》ごしにうしろを見《み》ると……たしかに窪谷須《くぼやす》らしき生徒《せいと》の姿《すがた》があった。

「おい、窪谷須《くぼやす》。このおかしな誤解《ごかい》を解《と》いて――」

言《い》いかけて――

松崎《まつざき》は違和感《いわかん》に気付《きづ》いたようだった。

ふり向《む》いた松崎《まつざき》が「窪谷須《くぼやす》っ!?」と驚《おどろ》きをこめて叫《さけ》ぶ。

窪谷須《くぼやす》はいつものメガネをかけておらず、白目《しろめ》をむいていかつい顔《かお》になっていた。

優等生《ゆうとうせい》の窪谷須《くぼやす》が、まるで……ヤンキーみたいに。

「えっ？　なになになに？　なに？」

当《とう》の窪谷須《くぼやす》は、しきりに困惑《こんわく》していたが。

「なに、えっ？　見《み》えない。メガネがなくてなんにも見《み》えない」

「いや。俺《おれ》もお前《まえ》という生徒《せいと》が見《み》えていないが……」

松崎《まつざき》も困惑《こんわく》し、うしろの白《しろ》いジャージと窪谷須《くぼやす》を交互《こうご》に見比《みくら》べる。

窪谷須《くぼやす》は『見《み》えない見《み》えない』と連呼《れんこ》し、目《め》を糸《いと》のように細《ほそ》めていた。

落《お》ち着《つ》かせようと、松崎《まつざき》が「おい。ちょ……」と声《こえ》をかけるが、窪谷須《くぼやす》が耳《みみ》を貸《か》す様子《ようす》はなく、迷子《まいご》の子供《こども》のように『見《み》えない』と『わかんない』を連発《れんぱつ》していた。


窪谷須《くぼやす》とヤンキー集団《しゅうだん》がかち合《あ》うとは。最悪《さいあく》の展開《てんかい》だ。

これだけの大《おお》ゲンカを回避《かいひ》する方法《ほうほう》は何《なに》かないか。

たとえば……そうだな。イリュージョンツアー中《ちゅう》の蝶野雨緑《ちょうのうりょく》にヤツらを全員消《ぜんいんけ》してもらうとか。丁度観客《ちょうどかんきゃく》たちを連《つ》れて校門《こうもん》の近《ちか》くに来《き》ているはずだが。

無理《むり》か。タネも仕掛《しか》けも用意《ようい》してないものな。

それなら、ヤンキー集団《しゅうだん》がビビって逃《に》げ出《だ》しそうなもの……

ダークリユニオンはどうだ。見《み》てくれだけとはいえ、かなり怪《あや》しいかっこうをしている。

彼《かれ》らが姿《すがた》を見《み》せたら、ヤンキー集団《しゅうだん》も尻《しり》ごみするかもしれない。

そう思《おも》い、ダークリユニオンのアジトに千里眼《せんりがん》を向《む》けたのだが——

「食《く》らえエエエエ！」

ダークリユニオンは、今《いま》まさに、海藤《かいとう》の手《て》で滅《ほろ》ぼされようとしていた。

海藤《かいとう》は横《よこ》一列《れつ》に並《なら》べた七《なな》つのボウリングのボールの前《まえ》で、中腰《ちゅうごし》になり、見《み》えない壁《かべ》をさするように手《て》を交互《こうご》に上下《じょうげ》させ……

「マンナズ・イングス……」

上半身《じょうはんしん》を前傾《ぜんけい》させて羽《は》ばたくポーズを取《と》り、手首《てくび》だけ直角《ちょっかく》に反《そ》らし……

「アンスス＝ジェラ……」

ボウリングのボールを投《な》げるフォームのように足《あし》を交差《こうさ》させて、頭上《ずじょう》で両手《りょうて》の甲《こう》をくっつけつつ……

「エイワズッ！」

大声《おおごえ》で叫《さけ》んだ。

その瞬間《しゅんかん》——

音楽室《おんがくしつ》に隠《かく》されていた七《なな》つのライトが、ボウリングのボールを明《あか》るく照《て》らし出《だ》した。

「「「うわあああああああああ！」」」

黒装束《くろしょうぞく》の男《おとこ》たちが断末魔《だんまつま》の悲鳴《ひめい》をあげる。

ほとんどの者《もの》が壁《かべ》の暗幕《あんまく》をくぐって撤退《てったい》するなか、月光蝶《げっこうちょう》の瞳《ひとみ》だけが残《のこ》り、

「この地球《ちきゅう》にぃ……さらなる災《わざわ》いを与《あた》えたまえエェェ」

天《てん》をつかむようにかかげた手《て》をわななかさせた。

「うわっ……うわああああっ……」

苦《くる》しそうにうめきながら、月光蝶《げっこうちょう》の瞳《ひとみ》もまた、部屋《へや》の奥《おく》にあるドアから出《で》て行《い》く。

ダークリユニオンはすべて消《き》え去《さ》り、残《のこ》っているのは海藤《かいとう》ただひとり……

完全勝利《かんぜんしょうり》の瞬間《しゅんかん》だった。


……うん。まあ、元々《もともと》ダークリユニオンも、ごっこ遊《あそ》びみたいなものだしな。

本当《ほんとう》にヤンキー集団《しゅうだん》に立《た》ち向《む》かえると期待《きたい》していたわけではない。

だからここは、素直《すなお》に海藤《かいとう》の奮闘《ふんとう》をたたえておこう。

しかしそうなると……やはり僕《ぼく》がどうにかしなければならないか。

まさか照橋《てるはし》さんの悪《わる》ふざけが、こんな大事《おおごと》に発展《はってん》するとは。

体育準備室《たいいくじゅんびしつ》で、僕《ぼく》は悩《なや》んでいた。

事《こと》ここに及《およ》べば、もはや取《と》れる方法《ほうほう》はひとつしかない。

ヤンキーたち全員《ぜんいん》を一日戻《にちもど》して、昨日《きのう》にタイムスリップさせる方法《ほうほう》だ。

しかし、タイムスリップは危険《きけん》だ。

あの人数《にんずう》を全員昨日《ぜんいんきのう》に戻《もど》すには、さすがに僕《ぼく》の体力《たいりょく》を限界《げんかい》まで追《お》いこむことになる。

……どうする？


「窪谷須《くぼやす》ゥ!!」

校門《こうもん》では、白《しろ》いジャージが窪谷須《くぼやす》の名《な》を叫《さけ》んでいた。

「よくもやってくれたな……死《し》ねえええぇぇ！」

白《しろ》いジャージを先頭《せんとう》に、ヤンキーの集団《しゅうだん》が一丸《いちがん》となって窪谷須《くぼやす》に突《つ》っこんでいく。

「上等《じょうとう》だ、コラアアアァァァア！」

迎《むか》え撃《う》つように、窪谷須《くぼやす》もほえる。

だが。

激突《げきとつ》する寸前《すんぜん》——

ヤンキーたちが全員《ぜんいん》消《き》えた。

「——!?」

彼《かれ》らを止《と》めようと矢面《やおもて》に立《た》っていた松崎《まつざき》が、あわてて辺《あた》りに目《め》を向《む》ける。

「——!?」

近眼《きんがん》のせいで敵《てき》が見《み》えないだけだと思《おも》っていた窪谷須《くぼやす》も、ふり回《まわ》していた拳《こぶし》を止《と》めて、きょろきょろと周《まわ》りを見《み》る。

やはり、どこにもヤンキーの姿《すがた》がない。

「もしかして……」

遠巻《とおま》きに騒《さわ》ぎを見守《みまも》っていた女子生徒《じょしせいと》がつぶやいた。

「もしかして……」

隣《となり》にいた男子生徒《だんしせいと》もつぶやく。

彼《かれ》らが見《み》つめる先《さき》には――
イリュージョニスト、蝶野《ちょうの》雨緑《うりょく》がいた。
「…………」
目《め》をパチパチさせて、観客《かんきゃく》たちを見回《みまわ》す蝶野《ちょうの》。
続《つづ》けて、ぽかんとしている松崎《まつざき》と窪谷須《くぼやす》も見《み》つめて。
しばらく固《かた》まったあと、とことこと前《まえ》に進《すす》み――
蝶野《ちょうの》は高々《たかだか》と両手《りょうて》を上《あ》げた。
そして。
「イリユウウウウウウジョ――――――――ンッ！」
叫《さけ》ぶ蝶野《ちょうの》。
それと同時《どうじ》に、観客《かんきゃく》たちから今日《きょう》一番《いちばん》の拍手《はくしゅ》と歓声《かんせい》が贈《おく》られた。
事情《じじょう》をのみこんだ松崎《まつざき》も、竹刀《しない》を手《て》でパシパシと打《う》ち鳴《な》らして拍手《はくしゅ》する。
ヤンキーの集団《しゅうだん》は消《き》え、抗争《こうそう》の危機《きき》も去《さ》った。
ＰＫ祭《ピーケーさい》は、蝶野《ちょうの》のイリュージョンによって救《すく》われたのだ――

——もちろん、そんなわけがない。

ヤンキーたちが消《き》えたのは僕《ぼく》がタイムスリップさせたからだ。

そのせいで……

僕《ぼく》は完全《かんぜん》に力《ちから》つきていた。

白目《しろめ》をむき、歯茎《はぐき》をむき、まさにマラソンを完走《かんそう》した直後《ちょくご》の灰呂《ハイロ》のように……

「どうしたの？　急《きゅう》に、どうしたの？　斉木《さいき》くん！」

心配《しんぱい》してくれる照橋《てるはし》さんだが、すぐにハッと顔《かお》をあげる。

「私《わたし》とふたりというシチュエーションの緊張《きんちょう》にたえかねて……ありえるっ！」

ありえない——のだが、ツッコむ力《ちから》すら僕《ぼく》には残《のこ》っていなかった。

「どうしよう。斉木《さいき》がそこまで私《わたし》を好《す》きだったなんて……ん？」

しみじみとつぶやいた照橋《てるはし》さんが、ふと、僕《ぼく》の顔《かお》を見《み》て、

「この人《ひと》、なんで髪《かみ》の毛《け》ピンクなのかな？」

……しまった。

僕《ぼく》が気絶《きぜつ》してしまったせいで、周《まわ》りに影響《えいきょう》を与《あた》えていた心理操作《しんりそうさ》の能力《のうりょく》がきれてしまった。

照橋《てるはし》さんからすれば、今《いま》の僕《ぼく》はハイカラな色《いろ》の髪《かみ》にポップな玉《たま》のヘアピンを着《つ》けた、やたら目立《めだ》つファッションの男子高校生《だんしこうこうせい》でしかない。

「そして……なんだ、これ」

当然《とうぜん》のように、照橋《てるはし》さんの興味《きょうみ》はヘアピンのようなものに向《む》けられた。

照橋《てるはし》さんはそーっと僕《ぼく》のヘアピンに触《ふ》れて——

スポッと抜《ぬ》いてしまった。

冒頭《ぼうとう》でお伝《つた》えした通《とお》り、僕《ぼく》の頭《あたま》に付《つ》いているヘアピンのようなものは超能力《ちょうのうりょく》を制御《せいぎょ》するための装置《そうち》だ。

それを着《つ》けていないと、僕《ぼく》の超能力《ちょうのうりょく》は暴走《ぼうそう》し、周《まわ》りに多大《ただい》な影響《えいきょう》を与《あた》えてしまう。

たとえば——

某国《ぼうこく》の宇宙《うちゅう》センター。

「原因《げんいん》はなんだ！　大至急《だいしきゅう》、報告《ほうこく》しろ！」

衛星《えいせい》から送《おく》られてくるデータがとんでもない数値《すうち》を示《しめ》し、大騒《おおさわ》ぎになっていた。

「原因不明《げんいんふめい》です！」

あわただしくかけ回《まわ》るスタッフたち。

「こんなことははじめてだ……」

「メインシステム、すべてダウン！」

壁《かべ》にあるモニターはひとつ残《のこ》らず真《ま》っ赤《か》に点滅《てんめつ》していた。

「今《いま》すぐ大統領《だいとうりょう》につないでくれ！」

「いいい、いかん！」

ビィィ――ッ、ビィィ――ッ……と、警告音《けいこくおん》が鳴《な》り響《ひび》く。

「このままでは地球《ちきゅう》が滅《ほろ》びる！」

同時刻《どうじこく》、アフリカの奥地《おくち》。

「長老《ちょうろう》！　今《いま》、なんと！」

ヤリを手《て》にした部族《ぶぞく》の戦士《せんし》たちが長老《ちょうろう》を囲《かこ》み、声《こえ》を荒《あら》らげていた。

「言《い》った通《とお》りじゃ……」

しゃがれた声《こえ》で、長老《ちょうろう》が告《つ》げる。

「この世界《せかい》は間《ま》もなく終《お》わりのときを迎《むか》える」

あわてふためく戦士《せんし》たち。


天《てん》に向《む》かって許《ゆる》しをこうが、この災難《さいなん》は神《かみ》がもたらしたものではない。

これは、斉木楠雄《さいきくすお》のΨ難《サイなん》だ。


再《ふたた》び体育準備室《たいいくじゅんびしつ》。

ヘアピンを見《み》つめ、照橋《てるはし》さんは首《くび》をかしげていた。

なにやら納得《なっとく》しかねた様子《ようす》で、僕《ぼく》の頭《あたま》にヘアピンを戻《もど》す――

再《ふた》び某国《ぼうこく》の宇宙《うちゅう》センター。

「システムが復旧《ふっきゅう》した！」

真《ま》っ赤《か》だったモニターがすべて緑《みどり》になり、すぐに通常《つうじょう》の動作《どうさ》に戻《もど》る。

スタッフたちは互《たが》いに抱《だ》き合《あ》い、割《わ》れんばかりの拍手《はくしゅ》と指笛《ゆびぶえ》の音《おと》が、小《ちい》さな管制室《かんせいしつ》にこだました。


再《ふた》びアフリカの奥地《おくち》。

戦士《せんし》たちは相変《あいか》わらず天《てん》に祈《いの》り、あるいは対策《たいさく》を話《はな》し合《あ》っていたが、

「ごめん、やっぱ大丈夫《だいじょうぶ》だわ」

長老《ちょうろう》の言葉《ことば》でシーン……と静《しず》まったあと、すぐにホッと息《いき》をついて、互《たが》いの肩《かた》を抱《だ》き合《あ》った。


さらに再《ふた》び体育準備室《たいいくじゅんびしつ》。

「すごい……」

スポッ、と照橋《てるはし》さんがもう一度《いちど》ヘアピンを抜《ぬ》く。

「これ、絶対頭《ぜったいあたま》に刺《さ》さってるよね？」

ヘアピンの刺《さ》さる深《ふか》さが異様《いよう》に深《ふか》いことに、彼女《かのじょ》は首《くび》をかしげていた。


さらに再《ふたた》び某国《ぼうこく》の宇宙《うちゅう》センター。

「再《ふたた》びダウンした！」

正常《せいじょう》に戻《もど》ったはずのモニターは、またも真《ま》っ赤《か》になって警告《けいこく》を発《はっ》していた。

「技術者《ぎじゅつしゃ》を呼《よ》び戻《もど》せ！」

「電話《でんわ》だ！　早《はや》くしろ！」

「地球《ちきゅう》がヤベェ!!」

「いったいなんなんだァ――ッ!?」

ドタバタがきわまり、管制室《かんせいしつ》は混乱《こんらん》しきっていた。


――ぱちり。

僕《ぼく》は目《め》を覚《さ》ますと同時《どうじ》に、むいた白目《しろめ》と歯茎《はぐき》を正《ただ》し、いつもの無表情《むひょうじょう》に戻《もど》った。

なにか……とんでもない騒《さわ》ぎで起《お》こされたような気《き》がするんだが……

「あ、大丈夫《だいじょうぶ》？　斉木《さいき》くん」

「ああ、すまな――」

い……と、傍《かたわ》らにあったとび箱《ばこ》に触《ふ》れた瞬間《しゅんかん》。

とび箱《ばこ》は粉々《こなごな》になり、影《かげ》も形《かたち》もなく飛《と》び散《ち》った。

「きゃっ！」

照橋《てるはし》さんが驚《おどろ》いて尻餅《しりもち》をつくと、その拍子《ひょうし》に、手《て》にしていた制御装置《せいぎょそうち》はどこかに飛《と》んで行《い》ってしまった。

「――――!?」

おそるおそる、自分《じぶん》の頭《あたま》に手《て》をやる。

ない。制御装置《せいぎょそうち》が片方《かたほう》、なくなっている。

「……取《と》った？」

「………うん」

「返《かえ》して」

手《て》のひらを差《さ》し出《だ》すと、彼女《かのじょ》はしきりにきょろきょろし——

「……あれ？　どっか行《い》っちゃった……」

目《め》を丸《まる》くした。

「早《はや》く返《かえ》して。それも僕《ぼく》の手《て》に触《ふ》れることなく返《かえ》して。あと、これから僕《ぼく》に触《ふ》れないで。君《きみ》という存在《そんざい》がなくなっちゃうから」

まずいな。これじゃ海藤《かいとう》と同《おな》じ中二病《ちゅうにびょう》だ。だが本当《ほんとう》のことなんだから仕方《しかた》ない。

僕《ぼく》の言葉《ことば》を信《しん》じたのかどうだか、照橋《てるはし》さんはあわてて制御装置《せいぎょそうち》を捜《さが》しはじめた。

「ない……ない！」

体育準備室《たいいくじゅんびしつ》の隅《すみ》にはボールやネット、つな引《ひ》きのつなや野球《やきゅう》のグローブなど、雑多《ざった》な品《しな》が寄《よ》せ集《あつ》められている。

あそこに飛《と》んで行《い》ったのだとしたら、見《み》つけ出《だ》すのは相当難《そうとうむずか》しいぞ……。

懸命《けんめい》にボールが詰《つ》まったカゴをのぞきこむ照橋《てるはし》さんだが、不意《ふい》に、なにか思《おも》い出《だ》した様《よう》子《す》でスカートのポケットを探《さぐ》りはじめた。

そこから取《と》り出《だ》したのは――

「これじゃあ……ダメかな？」

スティック付《つ》きのアメ……

たしかに包《つつ》み紙《がみ》はピンクだし、形《かたち》はそっくりだが……

「ダメに決《き》まってるでしょ」

おもむろに頭《あたま》にアメを刺《さ》そうとしてくる照橋《てるはし》さんを、僕《ぼく》は苦《にが》い顔《かお》で止《と》めた。

そのとき。

ピシピシピシィ……

体育準備室《たいいくじゅんびしつ》の壁《かべ》が音《おと》を立《た》てて凍《こお》りはじめた。

またたく間《ま》に、霜《しも》が辺《あた》りをおおっていく。

「やだ！　部屋《へや》が凍《こお》ってるよ？」

まずい。誤作動《ごさどう》だ。

この力《ちから》は蝶野《ちょうの》のイリュージョンに巻《ま》きこまれたとき、箱《はこ》の中《なか》を凍《こお》らせたのと同《おな》じ力《ちから》……

より強《つよ》くなってバグを起《お》こしている……まったく制御《せいぎょ》が利《き》かない。

「さ、さささささ……さ、ささ、寒《さむ》い……」

照橋《てるはし》さんが二《に》の腕《うで》をさすってふるえだす。

「……でも、ディズニーの映画《えいが》みたいで……楽《たの》しい」

やれやれ。そんなこと言《い》ってる場合《ばあい》じゃないんだけどな。

誤作動《ごさどう》したのは氷《こおり》の能力《のうりょく》だけではなく、テレポートもだ。

そのせいで体育館《たいいくかん》と準備室《じゅんびしつ》は地球《ちきゅう》をはなれ——

僕《ぼく》たちは今《いま》……宇宙《うちゅう》にいるんだから。


超能力《ちょうのうりょく》に歯止《はど》めが利《き》かなくなっている今《いま》、僕《ぼく》の千里眼《せんりがん》は通常《つうじょう》なら視《み》ることができない彼方《かなた》まで見通《みとお》すことができた。

ヤンキー集団《しゅうだん》が去《さ》ったＰＫ《ピーケー》学園《がくえん》では、新《あら》たな問題《もんだい》が発生《はっせい》していた。

僕《ぼく》たちが体育館《たいいくかん》ごとテレポートしたということは、つまり——ＰＫ《ピーケー》学園《がくえん》から、体育館《たいいくかん》が消《き》えてしまったということだ。

むき出《だ》しの地面《じめん》を囲《かこ》み、生徒《せいと》たちがざわついている。

「ジャマだ貴様《きさま》らァ！　どけぃ！　どくんだァ！」

遅《おく》れてやってきた海藤《かいとう》が生徒《せいと》の間《あいだ》をぬって、野次馬《やじうま》の先頭《せんとう》に立《た》った。

こざっぱりしてしまった体育館《たいいくかん》の跡地《あとち》を見《み》て、一瞬声《いっしゅんこえ》を失《うしな》うが……すぐに立《た》ち直《なお》り、海《かい》藤《とう》は右半身《みぎはんしん》を前《まえ》に出《だ》してポーズを決《き》めた。

「くそぉ！」

海藤《かいとう》は月光蝶《げっこうちょう》の瞳《ひとみ》が残《のこ》していった言葉《ことば》を思《おも》い出《だ》しているようだった。

――『この地球《ちきゅう》にぃ……さらなる災《わざわ》いを与《あた》えたまえェエエ』――

そして、盛大《せいだい》にカン違《ちが》いしていた。

「ダークリユニオンめ……っ！」

海藤《かいとう》が口惜《くや》しげに歯《は》を食《く》いしばる。

体育準備室《たいいくじゅんびしつ》はキンキンに冷《ひ》えこみ、あちこちにとがった氷《こおり》の柱《はしら》が突《つ》き立《た》っていた。

僕《ぼく》と照橋《てるはし》さんが腰《こし》かけているマットレスも、石《いし》のように固《かた》く、冷《つめ》たい。

照橋《てるはし》さんは体《からだ》を丸《まる》め、ブルブルとふるえながら白《しろ》い息《いき》を吐《は》いていた。

僕《ぼく》は問題《もんだい》ないが……彼女《かのじょ》はそろそろ限界《げんかい》かもしれない。

さらにまずいことに、地球《ちきゅう》の気配《けはい》がどんどん遠《とお》ざかっていくのを感《かん》じる。

僕《ぼく》たちは今《いま》、宇宙《うちゅう》のどのあたりをさまよっているんだ？

制御装置《せいぎょそうち》さえ刺《さ》さっていれば、この窮地《きゅうち》をなんとか脱出《だっしゅつ》できるのだが……

「寒《さむ》いよ……斉木《さいき》くん」

照橋《てるはし》さんが心細《こころぼそ》そうに、そうつぶやく。

ふらり……

意識《いしき》が薄《うす》れたのか、照橋《てるはし》さんが僕《ぼく》の肩《かた》にもたれようとしてくる。

が。

僕《ぼく》はスッと横《よこ》にずれ、照橋《てるはし》さんはあえなくマットレスに沈《しず》んだ。

薄情《はくじょう》だと思《おも》わないでくれ。今《いま》の僕《ぼく》は超能力《ちょうのうりょく》どころか、体《からだ》の制御《せいぎょ》すら利《き》かない。彼女《かのじょ》を受《う》け止《と》めようものなら、うっかり消《け》し飛《と》ばしてしまうかもしれないのだ。

「斉木《さいき》くん……私《わたし》たち……死《し》ぬかもね」

うわごとのように、照橋《てるはし》さんが物騒《ぶっそう》なことを言《い》う。

「気《き》をしっかり持《も》って」

「でも……斉木《さいき》くんと……死《し》ねるなら……」

スゥ――ッと、照橋《てるはし》さんの呼吸《こきゅう》が浅《あさ》くなる。

寝《ね》てくれた……というか気絶《きぜつ》か。

宇宙《うちゅう》だから酸素《さんそ》もかなり薄《うす》くなってきている。

並《なみ》の体育準備室《たいいくじゅんびしつ》なら宇宙空間《うちゅうくうかん》に放《ほう》り出《だ》されたとたん、気圧差《きあつさ》でひどいことになるが……

氷《こおり》の壁《かべ》ができていることもあり、気密性《きみっせい》が保《たも》たれている。

とはいえ、そう長《なが》くは保《も》たないだろう。

イチかバチか……

下手《へた》すれば体育館《たいいくかん》ごと破壊《はかい》されて僕《ぼく》たちは宇宙《うちゅう》のチリとなるが……

僕《ぼく》は腰《こし》を上《あ》げると、右手《みぎて》を高《たか》くかかげた。

そして、強《つよ》く念《ねん》じる。制御装置《せいぎょそうち》をこの手《て》に――と。

ガタガタガタ……と準備室《じゅんびしつ》の備品《びひん》がふるえだした。

床《ゆか》がきしみ、氷《こおり》がバキバキと砕《くだ》けはじめる。

ダメだ、力《ちから》が強《つよ》すぎる。この部屋《へや》が保《も》たないか……

そうあきらめかけたとき。

つな引《ひ》きのつながとぐろを巻《ま》いて保管《ほかん》されていたのだが、そのすき間《ま》から、制御装置《せいぎょそうち》がふわりと浮《う》かび上《あ》がった。

そのままゆっくりと僕《ぼく》のほうにただよってきて……すっと、手《て》の中《なか》に収《おさ》まった。

よし。

頭《あたま》に制御装置《せいぎょそうち》を取《と》りつけると、体《からだ》の調子《ちょうし》も戻《もど》ってきた。

あとは……

僕《ぼく》は耳《みみ》をすませた。遠《とお》くはなれた地球《ちきゅう》へと意識《いしき》を向《む》けて。

誰《だれ》か……教《おし》えてくれ。

体育館《たいいくかん》を着陸《ちゃくりく》させる場所《ばしょ》を間違《まちが》えれば、とんでもないことになる。

誰《だれ》か着陸《ちゃくりく》するための灯台《とうだい》になってくれ……

ＰＫ学園《ピーケーがくえん》の体育館《たいいくかん》があった場所《ばしょ》。誰《だれ》でもいい。なにか合図《あいず》を。

祈《いの》るような心地《ここち》で集中《しゅうちゅう》すると……

――ワズ――

声《こえ》が聞《き》こえた。

この声《こえ》は……


地球《ちきゅう》。体育館跡地《たいいくかんあとち》の前《まえ》で。

海藤《かいとう》は『ダークリユニオンを倒《たお》す玉《たま》』を横一列《よこれつ》に並《なら》べ直《なお》し、懸命《けんめい》に儀式《ぎしき》を行《おこな》っていた。

「マンナズ・イングス――」

クスクスと、女子生徒《じょしせいと》の笑《わら》い声《ごえ》が聞《き》こえた。

けれど海藤《かいとう》は恥《は》じることなく、詠唱《えいしょう》を続《つづ》けていた。

「アンスス＝ジェラ――」

PK《ピーケー》学園《がくえん》を、いや、地球《ちきゅう》を守《まも》ろうと、海藤《かいとう》は儀式《ぎしき》のポーズを取《と》り続《つづ》ける。

しかし、元々体力不足《もともとたいりょくぶそく》の海藤《かいとう》にとって、『ダークリユニオンを倒《たお》す玉《たま》』を探《さが》すレクリエーションは過酷《かこく》をきわめたようだった。

すでに体力《たいりょく》は底《そこ》をつき、腕《うで》を上《あ》げるのでさえ苦《くる》しいはずだ。

「エイワズッ!!」

悲鳴《ひめい》をあげる体《からだ》にムチ打《う》つように、海藤《かいとう》は最後《さいご》の一句《いっく》を唱《とな》えた――


海藤《かいとう》?

制御装置《せいぎょそうち》を取《と》り戻《もど》した今《いま》、僕《ぼく》の千里眼《せんりがん》は地球《ちきゅう》まで届《とど》かないはずだ。

それにもかかわらず、遠《とお》くはなれた地球《ちきゅう》の光景《こうけい》を、僕《ぼく》ははっきりと思《おも》い描《えが》くことができた。

体育館跡地《たいいくかんあとち》の前《まえ》で七《なな》つの玉《たま》を並《なら》べ、儀式《ぎしき》を行《おこな》っている海藤《かいとう》の姿《すがた》を。

――マンナズ・イングス! アンスス=ジェラ! エイワズ!!――

変《へん》なポーズに、変《へん》な呪文《じゅもん》。

彼《かれ》の奇行《きこう》を笑《わら》う者《もの》もいるだろう。

けれど……

でかした、海藤《かいとう》。

お前《まえ》の中二病《ちゅうにびょう》が、僕《ぼく》と照橋《てるはし》さんの命《いのち》を救《すく》ってくれたぞ。

海藤《かいとう》は疲労困憊《ひろうこんぱい》しながら、儀式《ぎしき》のポーズを取《と》っていた。頭《あたま》の上《うえ》で重《かさ》ねた手《て》の甲《こう》が、ブルブルとけいれんしている。

(もう、限界《げんかい》だ……)

海藤《かいとう》が倒《たお》れそうになった、まさにそのとき。

ゴゴゴゴゴゴゴゴゴゴゴゴ！

轟音《ごうおん》をともなって、上空《じょうくう》からなにかが降《ふ》ってきた。

体育館《たいいくかん》だ！

着陸《ちゃくりく》する宇宙船《うちゅうせん》のように、体育館《たいいくかん》は元《もと》の位置《いち》にピタリと収《おさ》まり、それと同時《どうじ》にすさまじい量《りょう》の砂《すな》ぼこりが舞《ま》い上《あ》がった。

周《まわ》りの生徒《せいと》たちが身《み》をかがめ、悲鳴《ひめい》をあげるなか。

海藤《かいとう》は手《て》で顔《かお》をかばいながら、笑《え》みを浮《う》かべていた。

消滅《しょうめつ》した体育館《たいいくかん》の復活《ふっかつ》。

本日《ほんじつ》二度目《どめ》の、完全勝利《かんぜんしょうり》の瞬間《しゅんかん》だった。

どうにか地球《ちきゅう》には戻《もど》れたが……

今度《こんど》こそ完全《かんぜん》に力《ちから》を使《つか》い果《は》たしてしまった。鉄扉《てっぴ》を開《あ》けさえすれば、そこはもう外《そと》だというのに……その力《ちから》すら残《のこ》っていない。

それだけではない。密閉《みっぺい》された状況《じょうきょう》は依然《いぜん》として変《か》わらず、部屋《へや》に酸素《さんそ》が入《はい》ってこないのだ。

このままでは……

意識《いしき》がもうろうとするなか、何気《なにげ》なくとび箱《ばこ》に目《め》をやると……違和感《いわかん》があった。

ふたつあったとび箱《ばこ》のうち、ひとつは僕《ぼく》が粉々《こなごな》に破壊《はかい》してしまった。けれど、残《のこ》っているもうひとつのとび箱《ばこ》は、ＰＫ《ピーケー》学園《がくえん》でいつも使《つか》っているとび箱《ばこ》ではなく、誰《だれ》かが新《あたら》しく用意《ようい》した物《もの》だった。

これは……

最後《さいご》の力《ちから》をふり絞《しぼ》り、体《からだ》を起《お》こして――僕《ぼく》はとび箱《ばこ》にもたれかかった。

すると、制御装置《せいぎょそうち》が外《はず》れた際《さい》に手袋《てぶくろ》がやぶけていたらしく、意図《いと》せずサイコメトリーが発動《はつどう》する。

僕《ぼく》の脳裏《のうり》に、校舎《こうしゃ》の脇《わき》にある植《う》えこみでイリュージョンを行《おこな》う蝶野雨緑《ちょうのうりょく》の姿《すがた》がフラッシュバックした。あのときは、マンホールの中《なか》で母親《ははおや》のジェシーが待機《たいき》していたが……どうやら、蝶野自身《ちょうのじしん》もあのマンホールを脱出《だっしゅつ》トリックとして使《つか》っていたらしい。そして、その穴《あな》の続《つづ》く先《さき》は——

『アメージーング！』

とび箱《ばこ》の中《なか》から颯爽《さっそう》と現《あらわ》れ、観客《かんきゃく》から賞賛《しょうさん》される蝶野《ちょうの》の姿《すがた》が脳裏《のうり》に流《なが》れてくる。

ズズ、ズズ……ッ、ととび箱《ばこ》を押《お》しやると、そこには……予想通《よそうどお》り、外《そと》へと続《つづ》く抜《ぬ》け穴《あな》が掘《ほ》られていた。イリュージョニスト、蝶野雨緑《ちょうのうりょく》が掘《ほ》った穴《あな》だ。

あの親子《おやこ》……学校《がっこう》に無断《むだん》で、本当《ほんとう》に……仕《し》こみすぎだろ。

表情《ひょうじょう》には出《だ》さず、心《こころ》の中《なか》で苦笑《にがわら》いする。

僕《ぼく》はおぼつかない足取《あしど》りで穴《あな》に設置《せっち》されたハシゴを降《お》りようとしたが、寸前《すんぜん》で思《おも》い止《とど》まり、マットレスのほうを見《み》た。そこには、気絶《きぜつ》している照橋《てるはし》さんの姿《すがた》が。

穴《あな》があるということは、ここから酸素《さんそ》が流《なが》れてくるはずだ。放《ほう》っておいても、彼女《かのじょ》がこれ以上体調《いじょうたいちょう》を崩《くず》す心配《しんぱい》はないだろう。けれど……

数秒《すうびょう》だけ迷《まよ》ったあと、僕《ぼく》は呼吸《こきゅう》なのかため息《いき》なのか、どちらともつかない息《いき》をつき、照《てる》橋《はし》さんに肩《かた》をかして起《お》きあがらせると、彼女《かのじょ》を背負《せお》ってハシゴを降《お》りはじめた。

……人間《にんげん》って、こんなに重《おも》たかったのか。

僕《ぼく》は常人《じょうじん》にはない力《ちから》を持《も》って生《う》まれた。たいていのことはなんだってできる。けれど、僕《ぼく》はすべてをうばわれたのだ。

苦労《くろう》してなにかを成《な》しとげた達成感《たっせいかん》も。

ちょいとした恋《こい》のかけ引《ひ》きも。

サプライズパーティで驚《おどろ》くことも。

怒《いか》りも哀《かな》しみもないかわりに、喜《よろこ》びも楽《たの》しみもない。

とにかく平穏《へいおん》な生活《せいかつ》を送《おく》ることが僕《ぼく》の生《い》きる目標《もくひょう》だったはずなのに。

それが今《いま》じゃ、持《も》って生《う》まれた力《ちから》はガス欠《けつ》で使《つか》えず、大粒《おおつぶ》の汗《あせ》を流《なが》しながら、女《おんな》の子《こ》ひとり背負《せお》うのが精《せい》いっぱいだ。

まったく、どうしてこうなったのやら。いったい誰《だれ》のせいなんだ。

燃堂《ねんどう》は『相棒《あいぼう》』だの『ラーメン』だの、たいしたことをしゃべらないくせに、石化《せきか》したらそれすらもしゃべらなくなってしまった。適度《てきど》な雑音《ざつおん》は人《ひと》の集中力《しゅうちゅうりょく》を高《たか》めるそうだが……もしかしたらあいつの声《こえ》が聞《き》けなくなったせいで、僕《ぼく》の集中力《しゅうちゅうりょく》が落《お》ちたのかもしれない。

それとも、海藤《かいとう》の中二病《ちゅうにびょう》にアテられたか。漆黒《しっこく》の翼《つばさ》だの、月光蝶《げっこうちょう》の瞳《ひとみ》だの……自分《じぶん》の好《す》きな漫画《まんが》にのせられすぎだ。今日《きょう》はお前《まえ》の中二病《ちゅうにびょう》に助《たす》けられたが……だからって調子《ちょうし》にノるんじゃないぞ。

ああ。灰呂《ハイロ》のマラソンもあったな。十《じゅっ》キロ……十《じゅっ》キロか。僕《ぼく》は走《はし》ったわけじゃないが、十《じゅっ》キロの空中浮遊《くうちゅうふゆう》がこたえたか。十《じゅっ》キロも飛《と》び続《つづ》ける苦労《くろう》は誰《だれ》も共感《きょうかん》できないだろうが……

そして何《なに》より、窪谷須《くぼやす》をつぶしに来《き》たヤンキーたちの時間《じかん》を戻《もど》したのが一番《いちばん》デカいか。あれだけケンカは止《や》めろと念《ねん》を送《おく》っておいたはずなのに。もっと徹底的《てっていてき》に釘《くぎ》を刺《さ》しておくべきだったな……そういえば、メガネをまだ返《かえ》せていない。あいつ、まだ『4』の目《め》のままなのか。

そして――

肩《かた》ごしに目《め》をやると、眠《ねむ》りこけている照橋《てるはし》さんの顔《かお》がすぐ近《ちか》くにあった。なにか、口《くち》をもごもごさせているが。

「むにゃむにゃ……斉木《さいき》くん……」

「…………」

寝《ね》ごとか。どうやら人《ひと》の夢《ゆめ》を勝手《かって》に見《み》ているようだが……はたして、彼女《かのじょ》の夢《ゆめ》の中《なか》では、僕《ぼく》は『おっふ』しているんだろうか？

くだらない想像《そうぞう》をふり払《はら》うようにかぶりをふり、僕《ぼく》は足《あし》をすべらせないよう、慎重《しんちょう》にハシゴを降《お》り続《つづ》けた。

まったく……散々《さんざん》な一日《にち》だ。

エピローグ

あわただしいＰＫ《ピーケー》祭《さい》を終《お》え、翌日《よくじつ》。僕《ぼく》は家《いえ》で朝食《ちょうしょく》を食《た》べていた。

メニューは昨日《きのう》と同《おな》じベーコンエッグに、マーガリンをぬったトースト。

「ほぉーんとに今日《きょう》は、いいことが起《お》こる予感《よかん》しかしないわねぇ。見《み》て？　こんなに茶柱《ちゃばしら》が」

母《はは》が見《み》せつけてきた湯飲《ゆの》みには、三十本《さんじゅっぽん》近《ちか》い茶柱《ちゃばしら》が立《た》っていた。

いくら縁起《えんぎ》が良《い》いとはいえ、ちょっと見《み》た目《め》が気持《きも》ち悪《わる》い。

というか、どれだけ茶葉《ちゃば》を入《い》れたらそんなに立《た》つんだ。きゅうすが壊《こわ》れてるのか？

「ごらん！」

父《ちち》が窓《まど》の外《そと》を見《み》て、なにやらはしゃいでいる。

「鶴《つる》と、亀《かめ》が来《き》たよ」

なぜそんなウソを。うちの庭《にわ》は動物園《どうぶつえん》かなにかか。

「存分《ぞんぶん》に、文化《ぶんか》を楽《たの》しむんだな！」

父《ちち》はニコニコと笑《わら》ったまま、僕《ぼく》にそう言《い》った。

文化《ぶんか》を楽《たの》しめ、と。

「……行《い》ってきます」

言葉数《ことばかず》も少《すく》なく、僕《ぼく》は家《いえ》を出《で》た。


あれだけのことをしでかしたので……

結局《けっきょく》、ありったけの力《ちから》を使《つか》い、このあたりの時間《じかん》をすべて一日《にち》戻《もど》した。

かかわった人間《にんげん》のすべての記憶《きおく》もだ。

それはどういうことかというと……


「それじゃみんなで、円陣《えんじん》を組《く》もう！」

教室《きょうしつ》では、灰呂《ハイロ》が士気《しき》を高《たか》めようとしていた。

「ええ〜……」

昨日《きのう》と同《おな》じく、クラス中《じゅう》から不満《ふまん》がもれる。

そう。昨日《きのう》と同《おな》じく……

時間《じかん》が戻《もど》ったということは、しっちゃかめっちゃかだった昨日《きのう》という一日《にち》を、もう一度《いちど》やり直《なお》すということだ。問題《もんだい》が起《お》こらないよう、今度《こんど》こそ慎重《しんちょう》に。

考《かんが》えただけでもかなりゆううつだ。

「早《はや》くっ！」

今日《きょう》もまた灰呂《ハイロ》に促《うなが》され、クラスが輪《わ》になる。

やはり灰呂《ハイロ》が中心《ちゅうしん》に立《た》ち、深《ふか》く腰《こし》を落《お》とす。

「文化祭《ぶんかさい》っ！　成功《せいこう》させるぞおおおおっ！」

「「おおおおっ！」」

「…………じゃ……解散《かいさん》っ！」

バラバラと散《ち》っていくクラスメートたち。

さて、このあとはたしか……窪谷須《くぼやす》が話《はな》しかけてきて……またあいつの紹介《しょうかい》か？

適当《てきとう》にはしょろう。昨日《きのう》は二十行《にじゅうぎょう》も説明《せつめい》に使《つか》ったからな。今日《きょう》は二行《ぎょう》ぐらいでいいだろう。

『転校生《てんこうせい》で元《もと》ヤン』——なんだ。七文字《もじ》でいけるじゃないか。

ところが、窪谷須《くぼやす》よりも先《さき》に、燃堂《ねんどう》と海藤《かいとう》が話《はな》しかけてきた。

そういえば、今朝《けさ》の両親《りょうしん》も昨日《きのう》とは言動《げんどう》が違《ちが》っていたからな。微妙《びみょう》なズレが生《しょう》じているのかもしれない。

「お？　相棒《あいぼう》、ラーメン食《く》いに行《い》くか？」

行《い》かない。

「斉木《さいき》、用心《ようじん》しろ。ダークリユニオンが現《あらわ》れるかもしれないぞ」

知《し》らない。

お前《まえ》らのせいで窪谷須《くぼやす》を紹介《しょうかい》できなかった。まあいい。次《つぎ》はたしか、ここみんズが押《お》し寄《よ》せてきて……

ふと、照橋《てるはし》さんのほうを見《み》ると。

彼女《かのじょ》も僕《ぼく》を見《み》ていて、目《め》が合《あ》った。

にっこりと、照橋《てるはし》さんはほほえんで——そのまま教室《きょうしつ》から出《で》て行《い》った。

曲《ま》がり角《かど》で僕《ぼく》を待《ま》ちぶせるために。

「…………はあ」

昨日《きのう》、僕《ぼく》を悩《なや》ませてくれた連中《れんちゅう》にまたふり回《まわ》されるのかと思《おも》うと、自然《しぜん》とため息《いき》がでた。

本当《ほんとう》なら去年《きょねん》と同《おな》じく、ひとりっきりで温泉《おんせん》を満喫《まんきつ》するはずだったのに。

やれやれ……。

今日《きょう》もΨ《サイ》難続《なんつづ》きの一日《にち》になりそうだ。

おわり

この本は、映画『斉木楠雄のΨ難』（二〇一七年十月公開／福田雄一脚本・監督／ソニー・ピクチャーズ エンタテインメント＝アスミック・エース映画配給）をもとに、Ｊブックス刊行の「映画ノベライズ　斉木楠雄のΨ難」（集英社刊）を底本としてほぼすべての漢字によみがなをつけたものです。

斉木楠雄のΨ難

山﨑賢人　橋本環奈
新井浩文　吉沢亮　笠原秀幸／賀来賢人　ムロツヨシ　佐藤二朗
内田有紀　田辺誠一

原作：「斉木楠雄のΨ難」麻生周一
（集英社「週刊少年ジャンプ」連載）
脚本・監督：福田雄一
音楽：瀬川英史

製作：今村司　佐野真之　谷和男　弓矢政法　木下暢起
髙橋誠　荒波修　久保雅一　本田晋一郎
エグゼクティブプロデューサー：伊藤響
プロデューサー：松橋真三　北島直明
撮影：工藤哲也　鈴木靖之
照明：藤田貴路
録音：高島良太
美術：遠藤善人
装飾：西岡萌子
ポスプロプロデューサー：鈴木仁行
編集：臼杵恵理
VFXスーパーバイザー：小林真吾
スタイリスト：神波憲人
ヘアメイク：内城千栄子
スクリプター：菅真彩子
スケジューラー：星秀樹
助監督：井手上拓哉
制作担当：桜井恵夢
ラインプロデューサー：鈴木大造
宣伝プロデューサー：中澤淳二

製作委員会：ソニー・ピクチャーズ エンタテインメント　日本テレビ放送網
アスミック・エース　読売テレビ放送　ジェイアール東日本企画　集英社　KDDI　GYAO
小学館集英社プロダクション　PlusD ／ STV・MMT・SDT・CTV・HTV・FBS
製作幹事：ソニー・ピクチャーズ エンタテインメント　日本テレビ放送網
制作プロダクション：PlusD
配給：ソニー・ピクチャーズ エンタテインメント=アスミック・エース

集英社みらい文庫

斉《さい》木《き》楠《くす》雄《お》のΨ《サイ》難《なん》

映画《えいが》ノベライズ　みらい文庫版《ぶんこばん》

麻生周一《あそうしゅういち》　原作

福田雄一《ふくだゆういち》　脚本

宮本深礼《みやもとみれい》　小説

ファンレターのあて先
〒101-8050　東京都千代田区一ツ橋2-5-10　集英社みらい文庫編集部
いただいたお便りは編集部から先生におわたしいたします。

2017年10月9日　第1刷発行
2019年12月18日　第6刷発行

発行者	北畠輝幸
発行所	株式会社 集英社 〒101-8050　東京都千代田区一ツ橋2-5-10 電話　編集部 03-3230-6297 読者係 03-3230-6080 販売部 03-3230-6393（書店専用） http://miraibunko.jp
装丁	渡部夕美（テラエンジン）　中島由佳理
編集協力	添田洋平（つばめプロダクション）
印刷	図書印刷株式会社　凸版印刷株式会社
製本	図書印刷株式会社

★この作品はフィクションです。実在の人物・団体・事件などにはいっさい関係ありません。
ISBN978-4-08-321398-4　C8293　N.D.C.913　236P　18cm

悪夢《あくむ》から抜《ぬ》け出《だ》せなくなる…!!

その悪夢《あくむ》は毎日《まいにち》同《おな》じ時間《じかん》に

転校生《てんこうせい》の沖田《おきた》ユウトは6年《ねん》4組《くみ》での自己紹介中《じこしょうかいちゅう》、突如《とつじょ》耳鳴《みみな》りがし、気《き》がつくと悪夢《あくむ》の世界《せかい》に取《と》りこまれてしまう。なんとその悪夢《あくむ》は毎日午後《まいにちごご》3時《じ》33分《ぷん》になるとやってくるものだった！ 果《は》たしてユウト達《たち》はくりかえす悪夢《あくむ》から抜《ぬ》け出《だ》す事《こと》ができるのか——!?

読《よ》んだら最後《さいご》 あなたもこの
くりかえす――!?
恐怖《きょうふ》とおもしろさが止《と》まらない!
オリジナル新作《しんさく》!!
大好評《だいこうひょう》
発売中《はつばいちゅう》!
無限《むげん》×悪夢《あくむ》
午後3時33分のタイムループ地獄
午後《ごご》3時《じ》33分《ぷん》の
タイムループ地獄《じごく》
無限《むげん》×悪夢《あくむ》
土橋真二郎《どばししんじろう》 作《さく》 岩本《いわもと》ゼロゴ 絵《え》

「みらい文庫《ぶんこ》」読者《どくしゃ》のみなさんへ

言葉《ことば》を学《まな》ぶ、感性《かんせい》を磨《みが》く、創造力《そうぞうりょく》を育《はぐく》む……、読書《どくしょ》は「人間力《にんげんりょく》」を高《たか》めるために欠《か》かせません。

たった一枚《いちまい》のページをめくる向《む》こう側《がわ》に、未知《みち》の世界《せかい》、ドキドキのみらいが無限《むげん》に広《ひろ》がっている。

これこそが「本《ほん》」だけが持《も》っているパワーです。

学校《がっこう》の朝《あさ》の読書《どくしょ》に、休《やす》み時間《じかん》に、放課後《ほうかご》に……。いつでも、すぐに続《つづ》きを読《よ》みたくなるような、魅力《みりょく》に溢《あふ》れる本《ほん》をたくさん揃《そろ》えていきたい。読書《どくしょ》がくれる、心《こころ》がきらきらしたり胸《むね》がきゅんとする瞬間《しゅんかん》を体験《たいけん》してほしい、楽《たの》しんでほしい。みらいの日本《にほん》、そして世界《せかい》を担《にな》うみなさんが、やがて大人《おとな》になった時《とき》、「読書《どくしょ》の魅力《みりょく》を初《はじ》めて知《し》った本《ほん》」「自分《じぶん》のおこづかいで初《はじ》めて買《か》った一冊《いっさつ》」と思《おも》い出《だ》してくれるような作品《さくひん》を一所懸命《いっしょけんめい》、大切《たいせつ》に創《つく》っていきたい。

そんないっぱいの想《おも》いを込《こ》めながら、作家《さっか》の先生方《せんせいがた》と一緒《いっしょ》に、私《わたし》たちは素敵《すてき》な本作《ほんづく》りを続《つづ》けていきます。「みらい文庫《ぶんこ》」は、無限《むげん》の宇宙《うちゅう》に浮《う》かぶ星《ほし》のように、夢《ゆめ》をたたえ輝《かがや》きながら、次々《つぎつぎ》と新《あたら》しく生《う》まれ続《つづ》けます。

本《ほん》を持《も》つ、その手《て》の中《なか》に、ドキドキするみらい――。

本《ほん》の宇宙《うちゅう》から、自分《じぶん》だけの健《すこ》やかな空想力《くうそうりょく》を育《そだ》て、〝みらいの星《ほし》〟をたくさん見《み》つけてください。

そして、大切《たいせつ》なこと、大切《たいせつ》な人《ひと》をきちんと守《まも》る、強《つよ》くて、やさしい大人《おとな》になってくれることを心《こころ》から願《ねが》っています。

２０１１年《ねん》　春《はる》

集英社《しゅうえいしゃ》みらい文庫編集部《ぶんこへんしゅうぶ》